新典社選書96

保科　恵　著

入門　平安文学の読み方

新典社

はじめに

もうずいぶん以前のことになりますけれども、演習の授業で『伊勢物語』の第四段を読んでいた時に、一人の学生が、「二月一〇日に梅の花が咲いていていたのは何故か？」という質問を投げかけました。それに対して、発表を担当した学生がしばらく悩んだ末に導き出した回答は、「異常気象による狂い咲き」というものでした。質問した学生は、それで納得して着席したのですが、当然のことながら、それが正解であろうはずがありません。

その後、別の授業で笑い話のつもりでこのことを話していたのですけれども、年を追うにつれてこれがウケなくなって来る、回答のどこが間違っているかを説明するとそれを一所懸命にノートする学生の比率が増えて来る――そんな状況に危機感を覚えて、『源氏物語』を読む授業だったのですが、『源氏物語』の本文を読む前に、その前提となる知識・常識などの話をする割合が、年々増えて行きました。そんな機会に断片的に取り上げた、『源氏物語』を読む前に踏まえておかなければならないこと、踏まえておいた方が良いことのごく一部の事柄をまとめたのが本書です。

当時の日本語の文法や単語を知らなければ『源氏物語』を読むことはできませんから、そういう勉強が必須なのはもちろんです。けれども、文法や単語を暗記していれば、現代語訳ができれば、それで『源氏物語』を読んだことになるわけではありません。テストで一〇〇点が取れたからといって――むろんそれも大切には違いないのですが――、それで『源氏物語』が読めたとは言えないのです。ここでいう『源氏物語』は、あくまでも一つの例で、『源氏物語』であれ何であれ、平安時代の文学作品を読むのには、当時の人たちの持っていた知識・常識がどのようなものであったかを十分に知っている必要があります。

『伊勢物語』の男は、遙か遠い東国まで旅するのに何故新幹線を使わなかったのか、などと言ったら、ほとんどの人がその常識の無さに呆れ返るでしょうけれども、それと平安時代異常気象説との間には、質のうえでの違いは見出せません。当時の読者たちなら当然のように知っていた知識・常識を知らないと、たとえ言葉の意味が判ったとしても、それでは到底『源氏物語』をはじめとする平安文学が読めたとは言えないのです。

本書の読者がもし国文学専攻の学生であれば、書かれている内容があまりにも当たり前過ぎて読む意味がなかったという感想を持ってくれる――そんな若者が数多くいることを、心から期待しています。もしそうでないとしたら、本書にも幾許かの存在価値があるということになるでしょう。

目次

第一講　まずは疑ってみること

――古典文学を読むために――

注釈書を見比べる

本書は、大学に入学して、これから本格的に古典文学を勉強しようという学生を読者として想定しています。大学生でなくても構わないのですけれども、自ら古典文学に挑戦しようという意欲のある人であることが前提です。

古典の作品を読もうと思ったら、大きな書店や図書館に行けばたくさんの書籍を手に取ることができます。それらの中には、作品の本文だけではなくて、言葉に対する注釈（語釈）や現代語訳や解説の添えられているものも数多くありますから、そういう注釈書の一冊を見れば、さしたる苦労もなく古典の作品を読んで味わうことができるでしょう。

そういう意味では、古典の作品を読むことは、そう難しいものではないようにも思えますし、これまでにそうやってたくさんの古典作品を読んで来た人もいるかもしれません。けれども、そういう読み方は、「本格的に」「自ら」――つまりは自分の力で読むこととはかならずしも同じではないのです。

それでは、どうやって古典の作品を読んだら良いのか、ということは、最終的には自分で考えなければいけないのですけれども、本書では、そのことに対するヒントが示せたら、と考えています。

具体的な例をあげてお話ししましょう。『古今和歌集』に収められている歌です。

題知らず　　　　　　詠み人知らず

野辺近く　家居しせれば　鶯の　鳴くなる声は　朝な朝な聞く

（巻第一・春歌上、第一六番歌）

一冊の注釈書を見ると、こう書かれていました。

私は人里を離れ、野辺の近くに住いを構えているお陰で、鶯の鳴く声だけは毎朝聞くことができるよ。

郊外に閑居する人の作らしいが、素朴ながら高い調べによって、春告鳥の鳴き声にじっと耳を傾ける作者の喜びを簡潔にうたいあげている。（註一）

念のために書いておきますと、「春告鳥」は鶯の異称です。毎朝自宅に居ながらにして鶯の声が聞こえる生活、せわしない都会暮らしに疲れた現代人からすれば、憧れの理想的な生活だと言えるかもしれません。実に爽やかで清々しい印象を受けます。そんな歌の世界に共感を覚えた人も少なくないでしょう。

けれども、それで終ってしまうのなら、注釈書に書かれていることを読んで判ったような気になっているだけで、自分の力で古典の作品を読んだとは言えないのです。そこで、折角清々しい気持ちになっているところで大変申し訳ないのですが、もう一冊別の注釈書を見てみることにします。

人里離れた野辺に住んでいると、都では自由に聞けない鶯の声が、毎朝毎朝聞えてくる。野辺に侘び住いせねばならぬ不遇を悲しんでいる。（註二）

最初のものと比べてみても、現代語訳には大きな違いが見られませんから、注釈書なんて何冊見ても同じだ、と思った人もいるかもしれません。ですが、これと最初の注釈書には大きな違いがあって、それは、その後の説明の部分にある「野辺に侘び住いせねばならぬ不遇を悲しんでいる」というところです。これには、どんな事情でなのかは判りませんけれども、都に住むことができなくなって郊外に退去しなければならなくなったというニュアンスが感じられます。けっして爽やかな歌ではありません。最初の注釈書では「春告鳥の鳴き声にじっと耳を傾ける作者の喜び」だったのですから、まるで正反対です。現代語訳を見ても判るように、和歌そのものは、まったく同じものです。それなのに、解釈の仕方が、どうしてこれほど違ってしまうのか、疑問が湧いて来るでしょう。

最初の注釈書だけを見て気持ち良くなってしまった人も、二番めの注釈書だけを見て悲しい気持ちになってしまった人もいるでしょうけれども、それは注釈書にそういうふうに読まされているだけで、『古今和歌集』の歌そのものを自分で読んでいるわけではないのです。「本格的に」「自ら」というのは、そういう読み方ではありません。難しいことは何も考えず、あくまでも趣味の読書に徹するというのならそれでも良いのかもしれませんが、本書の読者には、そこに留まって欲しくはありません。

ここまでの教訓としては、一冊の注釈書を見ただけでそこに書かれていることを鵜呑みにしてしまわずに、それ以外の考え方もできるかもしれない、と疑ってみる必要があるということです。疑ってみれば、何か別の読み方が見えて来るかもしれません。

そうは言っても、実際にはどこをどう疑ったら良いのか、見当も付かないことが多いと思います。そういう場合には、今のように複数の注釈書を見比べてみるのが効果的です。見比べれば、大抵どこかに違いが見つかるものです。

もちろん、どの注釈書も専門の研究者が真剣に作っているものですから、違いがあることまでは判ったとしても、それではどちらが正しいのか、どちらが間違っているのか、はたまたどちらも間違っているのか、そう簡単に判断の付けられるものではありません。けれども、一番大切なのはそうやって疑問を持つことで、疑問を持つことさえできれば、すぐにその場で答えが出なかったとしても、いつか正解に近づくことができるかもしれません。疑問を持つことができなければその日がやって来ることは永遠にないのですから、何よりもまずは、疑問を持つことです。

そういうふうに、疑問を持つことの大切さに気づくことができたなら、そのこと自体が大きな収穫です。そこまで行けば、もはや二つの注釈書のどちらが正しいか、というのはどうでも良いこと――と言ったら言い過ぎかもしれませんけれども、それは誰かに答えを教えてもらうものではなくて、一人々々がおのおの考えるべきことですから、これでこの話題を終わりにしてしまっても良いくらいです。とはいえ、それではさすがに消化不良の感があるでしょうから、著者なりの考えを書いておくことにします。ただし、これが模範解答だと思って読むのだとしたら、まったく意味がありません。あくまでも、解釈の可能性の一つに過ぎないことは忘れないでください。

もちろん、著者は自分の考え方に自信がなくて逃げを打っているわけではありませんし、嘘をついて読者を騙してやろうなどという気持ちも微塵もありません。自分の考え方が絶対的に正しいという確信の基にこれを書いています。ですが、客観的に検証されて初めてそれが正しいということが言えるのですから、本当に正しいかどうかを判断するのは、読者の皆さんの役割です。

この歌を、喜びの歌と取るか、悲しみの歌と取るかを考えるためには、それぞれの注釈書が、何故そのように解釈しているのかを理解する必要があります。そのうえで、そのどちらが適切なのか、ということを考えなければなりません。そうでなければそれはただの感想で、どちらが好きか、というだけのことになってしまいます。ただ、注釈書、特にシリーズ物の中の一冊だと、スペースにも限りがあるので詳しい説明が省略されていることが通例です。今回もその例に漏れず、それぞれの注釈書にはそう解釈した理由が書かれていないので、自分で考えてみる必要があります。

和歌には、「詞書」という、その歌が詠まれた事情を説明する文が付いていることも多いので、それが歌の内容を考えるうえで役に立つこともありますけれども、残念ながらこの歌は「題知らず」で詠まれた事情が判りませんから判断材料にすることはできません。また、「詠み人知らず」で詠者名も判りませんから、歌を詠んだ人の事蹟や為人から事情を推測することもできません。

あるいは、『万葉集』にあるこんな歌がヒントになるかもしれません。

鳥を詠む

梅の花　咲ける丘辺に　家居れば　乏《とも》しくもあらず　鶯の声　（巻第一〇、第一八二〇番歌）

郊外――この歌では「丘辺」という言葉ですが――に住んでいるから鶯の声がたくさん聞こえる、という内容で、懸案の『古今和歌集』の歌と似たような感じの歌です。梅の木に鶯が住んでいる、というのは、平安時代の和歌でも多く使われる組み合せです。

この『万葉集』の歌に、悲しみを感じさせるような要素はなさそうですから、この歌と同じようなことを表現しているのだとしたら、喜びを感じている最初の注釈書の考え方にも一理あるとも言えそうです。「類歌からの連想」というのは、解釈の根拠の一つになりうるものではあります。けれども、その前に、和歌の表現そのものの中に、この歌を解釈する根拠がないかどうか、考えてみましょう。

著者がこの歌を解釈するうえでのポイントとしてあげたいのは、「鳴くなる声は」の句の中の係助詞「は」です。そういうことを言うと、「文学は文法ではない」などと鼻白む人もいそうです——実際、著者は何度もそういう目に遭っています——が、今回はそこが肝心要なところなのでこのまま話を続けます。

「は」という助詞は、主題を取り立てて、それ以外の事柄と区別する機能を持っています。たとえば、「ぼくは行く」と言う場合、行くのは「ぼく」だけで、「ぼく」以外の人は行きません。ほかの人が行かない前提で「ぼくは」というわけですから、「ぼく以外の人は行かない」などとわざわざ言わなくてもそのことが伝わります。

『古今和歌集』の中にも、こういうふうに使われた歌があります。

春日野は　今日はな焼きそ　若草の　つまも籠れり　我も籠れり
（巻第一・春歌上、第一七番歌。詠み人知らず）

百千鳥　さへずる春は　物ごとに　改まれども　我ぞふりゆく
（同、第二八番歌。詠み人知らず）

最初の歌は、春日野で逢瀬を楽しんでいる男女が、農作業のために野焼きをしようとしている人たちに、今、自分たちが隠れている春日野は焼かないで欲しい、今日は焼かないで欲しい、と歌っています。「春日野」をそれ以外の野から、「今日」をそれ以外の日から取り立てている表現です。二つめの歌は、春は毎年新しくなって行くけれども自分はずっと古いままだ、と歌っているのです。この歌でも、「春」をそれ以外のもの——ここでは「我」に当たります——から取り立てています。

つまり、「鶯の　鳴くなる声は」という表現は、鶯の声は毎朝聞くけれども、それ以外の何かを聞かない、ということです。鶯の声を聞く、という意味を表わしているのはもちろんなのですが、聞くのは鶯の声だけだ、ということが言外に示されています。

鶯の声以外の何かを聞かないのは、「野辺近く　家居」しているからです。では、都でなら聞こえて、遠く離れた郊外では聞こえないものとは一体何なのか、が問題です。

聞こえるのが鶯の鳴く「声」なのですから、聞こえないのも何かの「声」なのではないかと考えることに、ある程度の蓋然性を認めることができるでしょう。その「声」が一体誰のものなのか、具体的に明示されていませんけれども、都では聞くことができて「野辺」では聞くことができないということを考えれば、それは住居を訪れる人の声なのではないでしょうか。都に住んでいれば、人の訪れも少なからずあるでしょうけれども、郊外に住んでいるのでそういうこともなく、訪れてくれるのは鶯だけなのです。

平安時代の貴族は、映画やテレビドラマなどでは、朝からお酒を飲んで歌を歌って楽器を奏でて蹴鞠をして……と、年がら年中遊び暮していたようなイメージで描かれることが少なからずあるように思いますけれども、実際にはそんなことはありませんでした。彼らは政治家であり国家公務員ですから、毎日朝早くからお役所に出勤して仕事をしています。現代のような交通手段があるわけではない時代、郊外から遠距離通勤などというわけには行きませんから、都の中に住居を構えていなければなりません。郊外に住んでいるということは、今は仕事をしていないということです。平安貴族たちに、早期退職して悠々自適なセカンド・ライフ、などというような多様な考え方はありませんから、もしかしたら何か都にいられなくなるような事情があって「野辺」に退去したのかもしれません。

友達にしても、次の日の勤務がありますから仕事帰りに郊外に遊びに行くようなことはできません。しかも、何か事情があって逼塞したのだとしたらなおさら、わざわざ訪れるようなことはしないでしょう。ですから、都で暮していた時には足繁く通って来てくれた友達も、侘び住いの今ではまったく訪れることがなく、ただ鶯だけが毎朝訪れて鳴いてくれるのがせめてもの慰めになっているのです。しかも、その鶯がやって来てくれるのも「朝な朝な」、つまり朝の間だけのことで、あとは人が来ないのはもちろんのこと、その鶯でさえも訪ねて来てくれはしません。落ちぶれて片田舎に住むこの寂しさ、何とわびしい野辺の家居よ……、というのが、この歌の正しい解釈なのではないか、と著者は考えています。(註三)

最初の注釈書にも、実は気になるところはありました。現代語訳に、「鶯の鳴く声だけは」とある「だけ」がそれです。係助詞「は」の訳としては、むしろ二番めの注釈書よりも原文に忠実なのですけれども、聞くのが鶯の声「だけ」なのだとしたら、それ以外のものは一体何なのか、まったく説明はされていません。「だけ」に疑問を持つことができていたなら、解釈も変わって来たのではないか、と思います。

常識を信じる

もう一つ、別の例をあげます。

題知らず　　　　　　　　小野小町

花の色は　移りにけりな　いたづらに　わが身世にふる　ながめせし間に

（『古今和歌集』巻第二・春歌下、第一一三番歌）

『百人一首』にも採られているとても人気の高い歌ですから、見たこともない、という人はいないと思います。この歌の解釈について、考えてみましょう。

ただし、この歌に関しては、「答え」は書きません。考えるための材料をいくつか用意しますので、自分で考えてみてください。

一冊の注釈書に書かれている、この歌の現代語訳です。

美しい桜の花の色香は、すっかり色あせてしまったことであるよ。むなしく春の長雨が降っていた間に。――私の容色はすっかり衰えてしまったなあ。むなしく私が男女の間のことにかかずらわって過ごし、いたずらに物思いにふけっていた間に。(註四)

皆さんが教わったことのある、あるいは理解していたこの歌の解釈とほとんど違いはないだろうと思います。これが、この歌の解釈の通説だと言って良いでしょう。

ところで、この注釈書には詳しい「鑑賞」があって、そこには、「初・二句について、単に花の色があせたことを詠んだとする説と、それに我が身の衰えが託されているとみる説とがあり、論議を呼んでいる」とありました。

ここに書かれている中の「……とする説と、……とみる説とがあり」というところが大事です。大型の注釈書でなければ、先ほどの歌の場合のように、校注者の考えた結論だけが書かれていて異説――別の考え方――は省略されることが少なくありません。スペースの関係もありますし、一般読者の便宜のうえから言っても、結論以外の余計なことを書かないことには一定の意味があるのですけれども、本書の読者は「自ら」古典の作品を読もうとしているわけですから、異説が重要です。この注釈書では異説があることを紹介したうえで自分の説を出しているのですから、非常に良心的なものだと言えるでしょう。同書にはその根拠も詳しく書かれていますから、興味のある人は是非読んでみてください。

それはそれとして、この歌の解釈には、いくつか注釈書を見ても目立った違いは見られません。先ほどの注釈書に紹介されていた異説も、「我が身の衰えが託されていると見る説」でほぼ決着しているように思います。著者としても、平安時代初期の和歌としては、純粋に自然を詠んだものと見るよりは、人事が重ね合せられていると見た方が、適切だと考えています。そこで、この歌に対しては、先ほどとは違ったアプローチをする必要があります。もちろん、いくら考えてもおかしいところが見当たらないのであれば、通説を受け入れるのは問題ないのですが、まずは自分の力で考えてみましょう。

それでは、この歌の解釈の中で、自分の常識に照らしておかしいと感じるところはないでしょうか。古典の作品を読んでいると、仮におかしいと感じるところがあったとしても、つい、古典ならそんなことがあるのかもしれない、と思って見逃してしまいがちです。「そんなこと」はあるのかもしれませんけれども、ないのかもしれません。それは、調べて、考えてみなければ判りません。

ここで気にしておきたいのは、「花の色は　移りにけりな」の部分の現代語訳、「美しい桜の花の色香は……色あせてしまった」というところです。ここに何かおかしなところはないでしょうか。この訳によれば、桜の花が色あせた、と言っていることになりますが、そんな情景を見たことのある人はいるでしょうか。

桜の花びらは、皆さんご存じの通り、とても散りやすいものです。風が吹いたり雨が降ったりすれば、たちまち落ちてしまいます。色があせるまで咲いているものではありません。

平安時代の桜の花は今よりもずっと強くて、色あせるまで樹の上で咲いていたのでしょうか。品種改良が行なわれていたり、当時は今の桜とは別の花を「桜」と呼んでいたりした可能性も、絶対にないとは言えません。たとえば、現在鑑賞されている大輪の菊の花が江戸~明治時代以降の品種改良によって作られたものだったり、平安時代に「きりぎりす」と呼ばれた虫が現在の「こおろぎ」のことで、現代人の思っている「きりぎりす」とは別の虫だったというような例もあります。もしそうだとして、仮に自分の持った疑問が、知識のなさによるとんでもない間違いだったのだとしても、疑問を持ったことによって一つ知識が得られるわけですから、疑問を持つことはけっして無駄ではありません。

それで、平安時代の桜がどんなものだったかを調べてみると、今と変わらず散りやすい花だったことが判るはずです。

桜の花を詠んだ歌をいくつかあげておきます。

久方の　光のどけき　春の日に　しず心なく　花の散るらむ
（『古今和歌集』巻第二・春歌下、第八四番歌。紀友則）

風にしも　何かまかせむ　桜花　匂ひあかぬに　散るは憂かりき
（『後撰和歌集』巻第三・春下、第一〇六番歌。藤原敦忠）

春霞　立ち別れ行く　山道は　花こそ幣《ぬさ》と　散りまがひけれ
（『拾遺和歌集』巻第一・春、第七四番歌。詠み人知らず）

どれもはかなくあっけなく散ってしまうことを詠んだものです。樹の上でいつまでも咲いている色あせた桜を詠んだものではありません。

念のため、もっと古い時代はどうだったか、見ておきましょう。

桜花　咲きかも散ると　見るまでに　誰かもここに　見えて散りゆく
（『万葉集』巻第一二、第三一二九番歌。柿本人麻呂）

ついでに、もっとずっと新しいものも……。

いざ子ども　山べに行かむ　桜見に　明日ともいはば　散りもこそせめ　（良寛）

桜の花　ちりぢりにしも　わかれ行く　遠きひとりと　君もなりなむ

（釋迢空『春のことぶれ』「羽澤の家」）

ところで、今引用した一首めの歌に「子ども」という言葉が出て来ます。現代語では「子供」は多く単数形として用いられますけれども、古典文学に出て来た場合は複数形と考えた方が適切です。「昔、田舎わたらひしける人の子ども」（『伊勢物語』第二三段）など、明らかに複数形として使われています。時代が下ると単数形として用いられる例が出て来るようですが、すくなくとも平安時代には複数形で、単数形の場合は「子になりたまふべき人なめり」（『竹取物語』）のように「子」という形で用いられます。

また、二首めの歌の作者の釋迢空というのは、民俗学者である折口信夫《おりくちしのぶ》の号です。古代の文学を専攻するのであれば当然ですが、それ以外を専門にしていたとしても、この人の名前を知らなければモグリだと言われても仕方がないくらい有名な人物ですから、万一知らなかった人がいたら、どんな業績を残した人なのか、確認しておく必要があると思います。名前にルビを振りましたので、読み方にも気を付けてください。

　それはともあれ、桜の花は、古代から現代に至るまで、変わらず散りやすい花だったわけですし、散る花として歌に詠まれているのです。ですから、小町の詠んだのが色あせた桜の花の歌だったとは考えにくいでしょう。それでは、小町の歌は、一体どういう状況を詠んだものなのでしょうか。

　先ほども書いた通り、それは皆さんに考えてもらおうと思いますが、ヒントになるかもしれないことを、二つ書いておきます。

○「花」＝桜とは限らない。

　平安時代の文学で「花」とあったら桜を指す、と教わった記憶のある人も多いと思います。たしかにそういう事例はたくさんあって、そのこと自体が間違いだとは言えないのですが、そういうイメージには時代による変遷があって、花＝桜が定着するのは『古今和歌集』以後のことです。『古今和歌集』の成立は、延喜五年（九〇五）頃とされています。

それ以前、奈良時代に好まれていたのはむしろ梅の花で、平安時代に入っても、初期にはその嗜好が受け継がれていました。菅原道真が自分の屋敷に梅の木を植えていたことは有名ですし、

東風《こち》吹かば　匂ひおこせよ　梅の花　主《あるじ》なしとて　春を忘るな

（『拾遺和歌集』巻第一六・雑春、第一〇〇六番歌）

という歌を詠んでいることも、皆さんご存じでしょう。道真は、承和一二年（八四五）～延喜三年（九〇三）の人物です。

また、こういう歌もあります。

花の香を　風のたよりに　たぐへてぞ　鶯さそふ　しるべにはやる

（『古今和歌集』巻第一・春歌上、第一三番歌。紀友則）

人はいさ　心も知らず　ふる里は　花ぞ昔の　香に匂ひける　（同、第四二番歌。紀貫之）

　どちらも『古今和歌集』に収められている歌で、これらにはただ「花」とだけ詠まれていますけれども、この「花」は桜ではありません。どちらも花の香を愛でている歌ですが、香を愛でる花は、桜ではなくて梅です。また、この花が梅であることは、一首めの歌が鶯と組み合せられていることから、二首めの歌が詞書に「梅の花を折りて詠める」とあることからも明らかです。

『古今和歌集』の撰者が、小町の歌の「花」を桜だと考えていたふしはありますけれども、だから小町が桜として詠んだのだとは言えません。小町は生没年の正確なところは判らないのですが、道真と同時代、『古今和歌集』成立以前の人物ですから、この歌の「花」を、無条件で桜と考えることは難しいのです。もちろん、こればかりの材料で、この「花」を梅の花だと考えるのは短絡ですし、桜ではないと言い切ることもできませんが、もしかしたら桜ではないかもしれないのです。

○「移る」に色あせる意味があるか。

　もう一つ、小町の歌では「花の色」が「移」ったと言っているのですから、「移る」という動詞がどういう意味を持っているか、本当に色あせる意味があるかを調べるのが次の手順です。

古語の意味が知りたいのであれば、古語辞典を調べてみるのがまずは第一歩でしょう。皆さんが持っている古語辞典で、「移る」の項目を引いてみてください。

ここで、古語辞典を使う時の注意点です。古語辞典で調べたい言葉を見ると、大抵の場合、複数の意味が載せられていて、「①……。②……。③……。……」という具合に書かれています。その中から、作品の本文の文脈に合いそうなものを見つけて解釈する、ということになるわけですが、この時に気にして欲しいのは、そこに掲げられている用例です。古語辞典であれば、どの辞典でもほぼ例外なく実際に使われている用例が掲載されています。もし用例の掲載されていない辞典しか持っていないとしたら、それで古典を読むのは無理だと思った方が良いでしょう。もっとまともなものに買い換えるべきです。

辞典に引用する用例を選択するのには暗黙のルールがあって、極力古い用例を載せるのが原則です。辞典によって方針も必ずしも一定ではありませんし、古い用例がかなり特殊な、確認することの難しいものしかないような場合にはそれより新しい有名作品の用例を採用することもありますから、引かれている用例が確実に最古のものだとは言えないのですけれども、ある程度の目安にはなります。

たとえば、辞典に三つ意味が載っていたとして、その内の二つめが文脈にぴったりだと感じたとしても、そこに載せられている用例が井原西鶴のものだったりする場合には、それは、平安時代にはそういう意味では使われていなかった江戸時代に発生した使い方である可能性があります。もしそうだとしたら、『源氏物語』などの本文をその意味で理解することはできません。古語辞典を使うのにも、そういう考慮が必要です。

手許にある古語辞典で「移る」という言葉を見てみると、

うつる【移る】④（色が）あせる。衰える。

（『三省堂詳説古語辞典』三省堂）

という意味が載っていて、用例として小町の歌が引かれていました。ですから、それで「移る」の意味を決定してしまって良いようにも思いますけれども、ここではもう少し検討してみましょう。

辞典に書かれていることを疑うことはふつうしないと思いますけれども、辞典といえども絶対に正しい答えが書かれているわけではありません。あくまでも、実際の用例を基に、その言葉がどういう意味を持っていたかを考えて辞典が作られているわけですから、注釈書がそうであったのと同じように、もしかしたら違っているのかもしれない、と疑ってみることが大切です。古語辞典に書かれていることは、もちろん参考にはなりますけれども、けっして絶対ではないのです。

別の辞典には、

移る【移る・移る】④盛りを過ぎる。(色が)あせる。(花が)散る。

(『角川全訳古語辞典』角川書店)

とありました。「移る」には「散る」意味もあるということです。こちらにも小町の歌が用例として引かれています。もっともこの辞典で小町の歌の「移る」が散る意味だと言っているわけではなくて、「あせる」も「散る」も似たような意味だということで一緒くたにしてしまっているだけだと思いますが、小町の歌の「移る」が散る意味で使われている可能性も、絶対にないとまでは言えないでしょう。なお、前に掲げた辞典では、「(葉・花などが)散る」は別項目になっています。

実際に、桜の花が散る意味で「移る」を使うこともあります。散った桜の花を、雪にたとえている表現です。

今日だにも　庭を盛りと　移る花　消えずはありとも　雪かとも見よ

（『新古今和歌集』巻第二・春歌下、第一三五番歌。太上天皇）

「移る」という言葉について、それが空間的推移を表わすものだという研究があります。(註五)「空間的」というのが少々難しい感じですが、ある物が別の物に変わったり、別の場所に変わったりすることです。もう少し簡単に言うと、移動という意味です。「家を移る」というのは元の家から新しい家へ移動する、つまり引っ越しをすることで、家の状態が変わった――たとえば古くなって傷んで来た――わけではありません。また、「移り香」は薫物の香りが着物などに付いたりすることを言うので、香りが薄れるのではありません。

現代語にも、「移り気」という言葉がありますけれども、これは、「気」が別のものに移動することを意味します。それまで好きだった人のことがそれほど好きではなくなる、という変化を意味するのではなくて、好きな人がAさんからBさんへ、さらにCさんへと変わるような場合に使われます。

それに対して、「色あせる」というのは色が変化することです。花の色が変化する場合に、こういう表現が使われた例があります。

つとめて、なほもあらじ、と思ひて、
嘆きつつ　ひとり寝る夜の　明くる間は　いかに久しき　ものとかは知る
と、例よりはひきつくろひて書きて、移ろひたる菊にさしたり。

（『蜻蛉日記』上、天暦九年九月）

菊も王朝びとに好まれたものの一つですが、菊の花は、真っ白な状態よりもむしろ、晩秋になって花びらの端の方から紫がかって来たものが好まれました。それを、今の引用の中にあったように「移ろひたる菊」と言ったり「移ろひ菊」と言ったりしましたが、変化した、色の変わった菊を「移ろふ」と表現したのです。

「移る」と「移ろふ」は似たような言葉です。けれども、一般的に言って、似たような言葉が複数ある場合、そこには何らかの使い分けがあります。まったく同じ意味なのであれば、複数の言葉を使う必要がないからです。たとえば、現代語の「わたし」と「わたくし」は似た言葉ですけれども、ニュアンスの違いがあって、場面によって使い分けられています。「移る」

と「移ろふ」にも、何か違いがあると考えるべきです。

先ほど紹介した研究では、「移ろふ」という言葉について、時間的推移を表わすものだとしています。「移る」のように別の物に移動するのではなくて、同じものが変化するということです。その説に従うなら、花の色があせるのは変化ですから、それを表現するのであれば、「移る」ではなく「移ろふ」が適切だということになります。

こういうことを言うと、和歌には三一字の中で詠まなければならないという制約があるから言葉に多少の無理が生じるのは仕方がない、と主張する人も往々にしているのですけれども、そんなはずはありません。言葉である以上、相手に正しく伝わらなくては意味がありません。文字数の制約のために言いたいことが十分に表現できていないとしたら、それは文学作品としてはお世辞にも良い出来だと言うことはできないでしょう。それに、小町の歌に関して言えば、どうしても「移ろふ」が使いたいのであれば「花の色は　移ろひにけり」と言うこともできたはずですから、音数の問題でこれを説明することはできません。

「な」で余剰を表わしたかった、それが大事なことだったのだ、などと主張するのも、何の根拠も見出せません。もちろん和歌にとって余剰が不必要だとは言えませんけれども、それは、文字数を優先して相手に誤解を与えかねない言葉を選択することとバーターすべきものでないからです。相手に正しく意図を伝えるというのは言葉として当然のことです。そこで「古典の場合は」とか「和歌というものは」とか言われると、ついそんなものなのかもしれない、と思ってしまいがちですが、言葉である限り、けっしてそんなことはないのです。「移る」と「移ろふ」が良く似た言葉であっても、似ているから同じような意味なのだろうと大雑把に片付けてしまってはいけません。

次に引くような例を見れば、「移る」と「移ろふ」を似たような言葉として一括りにはできないことが判ると思います。

『源氏物語』の「桐壺」巻で、寵愛していた桐壺更衣が死んでしまったことで悲しみのどん底にあった帝を慰めるために、周囲の人たちが桐壺更衣と良く似ているという評判の藤壺女御を入内させます。桐壺更衣以外の后ではまったく心が愉しむことのなかった帝ですが、藤壺女御の入内によって気持ちに変化が現われます。

かれは人の許しきこえざりしに、御心ざしあやにくなりしぞかし。思しまぎるとはなけれど、おのづから御心移ろひて、こよなうおぼし慰むやうなるも、あはれなるわざなりけり。

　ここが「御心移りて」とあるのなら、帝が想う対象が、それまでの桐壺更衣から取って替わって藤壺女御になった、ということになりますが、ここは「移ろひて」なのですから、それまで桐壺更衣に対する想いで一色だった気持ちが、藤壺女御に対する気持ちが混じって来て、少しずつ悲しみが和らいで来たということです。些細な違いだと思う人もいるかもしれませんけれども、新しい女性が来た途端にそれまでの最愛の女性から気持ちを完全に切り替えたと取るのか、最愛の女性への想いは忘れずに持ち続けながら、新しい女性への想いによって少しずつ悲しみが和らいで来たと取るのかで、この場面の読み方は大きく変わって来るはずです。
「あはれなるわざなりけり」というのは、帝の気持ちの推移に対する作者の評で、それまでの桐壺更衣一途だったのが少し変化したことに対する微妙なニュアンスを感じ取ることはできそうですから、全面的に帝の心情を肯定しているわけではないのかもしれません。けれども、そこに心変わりを責めるような強い批判的な感じはないでしょう。帝は桐壺更衣のことを想い続けて「思しまぎるるとはなけれど」――悲しみが紛れることはないのですから、ここは「移ろふ」を正しく解釈しなければなりません。

念のため、これまでに書いてきたことの反証になりそうな例を一つ引いておきます。自分の考えに夢中になっていると、その考えに都合の悪いことが出て来ても つい目を瞑って見なかったふりをしてしまいがちになりますけれども、そういうものも含めて、あらゆる観点から考察するのでなければなりません。

春霞　たなびく山の　桜花　移ろはむとや　色変はりゆく

（『古今和歌集』巻第二・春歌下、第六九番歌。詠み人知らず）

この歌では、桜の花が「移ろふ」と表現されています。「色変はりゆく」というのも変化を表わしています。これをどう解釈するかは読者の皆さんにお任せしますけれども、(註六)こういう事例をも踏まえて、小町の歌についての通説に挑んでもらいたいと思います。いろいろと考えた結果、もしかしたら「花」が桜で、「移る」は色あせるのだという通説通りの結論が出るのかもしれません。もしそうだとしても、通説に疑問を持って調べて考えたことが無駄になることはありません。いずれにせよ、そう簡単に答えが出るはずはないのですけれども、自分の力で考えることが、本当の意味で古典の作品を読むことに繋がるのです。(註七)

余談ですが、昔、ある親しかった研究者から、著者の書いた論文について「違和感がある」と言われたことがあります。どこがおかしいのか聞き返すと、どことは言えないが何となく、という返答が返って来ました。もちろん他人の意見に違和感を持つのは大事なことです。他人の意見をすべて無条件で受け入れるのは学問的な態度ではありません。けれども、その違和感を根拠を持って説明できないまま拒絶するのであれば、それもまた、まったく学問的な態度だとは言えないのです。おかしいと思ったのなら、一体どこがおかしいのか、そしてそれならどう考えるべきなのか、という批判的な眼で、他人の意見に接するべきです。それができないのなら、――何となく気に入らない説を認めるのは悔しいかもしれませんが――すくなくとも一旦は、その説を受け入れなければならないでしょう。

さらに贅言すれば、「批判」というのはただの「否定」や「非難」とは異なります。先行の学説を取り入れて、批判的に継承して自分の考え方に発展させて行くものです。読者の皆さんには、常にそういう姿勢を持っていて欲しいと思います。

註一　小沢正夫・松田成穂『古今和歌集』（小学館／新編日本古典文学全集一一、一九九四年一一月）。
註二　奥村恆哉『古今和歌集』（新潮社／新潮日本古典集成、一九七八年七月）。

註三　著者のこの考え方については、竹林一志『日本古典文学の表現をどう解析するか』(笠間書院、二〇〇九年五月。第1章「『古今和歌集』一六番歌「野辺近く…」の表現解析」)に批判があります。ここではそれに対する詳細な検討は割愛しますが、そういう異なる意見を踏まえて自分で考えることが大切だということだけは、改めて書いておきます。

註四　有吉保『百人一首』(講談社／講談社学術文庫六一四、一九八三年一一月)。

註五　神尾暢子『王朝国語の表現映像』(新典社／新典社研究叢書七、一九八二年四月。「人物映像の史的変遷―小野小町論考序説―」)。この論考では、「空間的移動」の概念を「転移」という言葉で説明していますが、本書では趣旨を歪めない範囲でやや平易に「移動」という言葉を使いました。ここで言う「転移」とは、個体が別の個体に変わることで、同一の個体そのものが変わる「変化」とは区別される概念です。

註六　一応、この歌の「移ろふ」に対する著者の考えを書いておきます。「春霞　たなびく山の　桜花」というのは遠景です。近くで桜の花びらの色を見ているのではありません。遠くの山に咲いている桜がだんだんと散って行くことによって、全体的に白っぽく見えていた山全体の色合いが変化して行く様子を詠んだのでしょう。「移ろふ」が散ることを意味しているのではなくて、色が変わった山の様子から花が散っていることが推測されるということです。なお、「一応」と書いたのは、この歌一首の解釈ができればすべて解決というわけではない謂です。そうやって都合の悪い事例を一つ一つ除外して行くことによって、初めてある程度確実なことが言えるようになるのです。

註七　参考までに、講演の記録ですが、この歌について解説している極めて示唆的なものをあげておきます。塚原鉄雄「小倉百首の独自表現—表現自体と表現以外—」(『表現研究』第五〇号、表現学会、一九八九年九月)。

第二講　昔の暦の話

――『古今集』はくだらぬ集――

下手な歌よみ、くだらぬ集

第一講で、疑問を持って自分で考えてみることの大切さを書きました。ただ、疑問を持ったためには、平安時代に生まれ育っていれば当然のように知っていたはずの常識を知っていなければなりません。当時の人なら絶対に考えないような可能性を検討することは、無意味だとは言いませんけれども、遠回りせずに済むのであればそれに越したことはありませんし、また、現代人であればまず考えないであろうことも、平安文学を読む際には検討してみなければならない場合もありえます。そのためにも、古典常識をしっかり身に付けておくことが必要です。ここでこまごまとしたことをすべて説明することはできませんけれども、詳しい解説書もたくさんありますから、おのおの参照してみてください(註一)。

古典常識には種々多様なものがありますけれども、ここでは基本中の基本として、王朝びとが生活の拠り処にしていた暦について取り上げることにします。

まずは、正岡子規のこんな文章を見てみましょう。

貫之は下手な歌よみにて古今集はくだらぬ集に有之候。其貫之や古今集を崇拝するは誠に気の知れぬことなどと申すものゝ実は斯く申す生も数年前迄は古今集崇拝の一人にて候ひしかば今日世人が古今集を崇拝する気味合は能く存申候。崇拝して居る間は誠に歌といふものは優美にて古今集は殊に其粋を抜きたる者とのみ存候ひしも三年の恋一朝にさめて見ればあんな意気地のない女に今迄ばかされて居った事かとくやしくも腹立たしく相成候。先づ古今集といふ書を取りて第一枚を開くと直に「去年とやいはん今年とやいはん」といふ歌が出て来る実に呆れ返った無趣味の歌に有之候。日本人と外国人との合の子を日本人とや申さん外国人とや申さんとしやれたると同じ事にてしやれにもならぬつまらぬ歌に候。

（「再び歌よみに与ふる書」）

子規は、それまでの古典の和歌とは違う、新しい時代の短歌を作り上げようという短歌革新運動を行なった人物です。引用したのは、明治三一年（一八九八）に書かれたもので、その子規の一連の文章――「歌よみに与ふる書」から始まって「十たび歌よみに与ふる書」まで続きます――の中でも、特に有名なものだと言って良いでしょう。子規はこの中で、『古今和歌集』を「くだらぬ集」と決め付けて、撰者である紀貫之を「下手な歌詠み」だと言い切っています。

その代表例として、「去年とやいはん今年とやいはん」という歌を取り上げて、「実に呆れ返った無趣味の歌」とまで言っています。
それでは、その子規の言う「実に呆れ返つた無趣味の歌」というのを引用しておきましょう。『古今和歌集』の巻頭歌です。

ふる年に春立ちける日、詠める　在原元方
年の内に　春は来にけり　ひととせを　去年《こぞ》とや言はむ　今年とや言はむ
(巻第一・春歌上、第一番歌)

「年の内に　春は来にけり」というのは、昔の暦――これは後ほど説明します――では新年と立春がほぼ同じ頃にやって来るのですが、この年は一二月の内に来てしまった、これを「年内立春」と呼びますが、その年の残りの何日間かの間、それ以前の日のことを言うのに、去年と言うべきなのか、今年と言うべきなのか迷っているという歌です。たとえば一二月二五日に立春が来たとして、その年の一一月のことを「去年の一一月」と言えば良いのか、「今年の一一月」といえば良いのか、という疑問を歌にしているわけですが、子規はそれを「しやれにもならぬくだらぬ歌」と評したのです。

たしかに、「去年とや言はむ　今年とや言はむ」が「しゃれ」になっているか、面白いか、と言われれば、自信を持って、なっている、面白い、と言うのは少々躊躇せざるをえません。「去年の一一月」と言おうが、「今年の一一月」と言おうが、同じ月のことを示しているのに違いはないのですから、そんなことを悩んでみたところで、それによって何か大きな違いが出来るとも思われません。そこに心を強く揺り動かされるようなものを感じられるかどうか、甚だ疑問だと言わざるをえないでしょう。

『古今和歌集』といえば、王朝文学の精髄、不朽の名作というイメージだったのが、これではすべてぶち壊しです。子規の言う通り、集を開いた途端に「去年とや言はむ　今年とや言はむ」ではどうにもなりません。

注釈書の中には、年内立春という珍しい事象に遭遇した時の意外な感じを詠んだ歌と解釈する説もあるのですが、これはまったくの見当外れで、年内立春は二年に一度くらいは発生します。けっして珍しい現象ではありません。

また、この『古今和歌集』の歌が年内立春を和歌の題材として初めて取り上げた珍しい歌だったのかというとそういうわけでもなく、それ以前に『万葉集』にも例があります。

十二月十八日、大監物三形王の宅に宴する歌三首

み雪降る　冬は今日のみ　鶯の　鳴かむ春べは　明日にしあるらし

（巻第二〇、第四四八八番歌）

右の一首、主人三形王。

うちなびく　春を近みか　ぬばたまの　今宵の月夜　霞みたるらむ

右の一首、大蔵大輔甘南備伊香真人。

（同、第四四八九番歌）

あらたまの　年行き返り　春立たば　まづ我が宿に　鶯は鳴け

右の一首、右中弁大伴宿禰家持。

（同、第四四九〇番歌）

つまり、和歌の素材として、それまでに詠まれたことのない目新しいものだったわけでもないのです。

著者が学生時代に勉強した文学史のテキストにもこの子規の発言が取り上げられていて、そこには「この子規の手きびしい批判は批判として、我々は改めて貫之の歌や古今集の歌を見直してみるべきであろう」と書かれていました。（註二）「時間の推移を微妙にとらえた平安朝人の心が

みごとに表出されているとも読める」とも書かれてはいますが、子規の言っていることに何一つ反論できていません。こんな強烈な否定的見解を敢えて取り上げたのは立派だとは言えるかもしれませんけれども、「批判は批判として」とか「とも読める」という文言など、子規の言っていることがごもっともも過ぎてまるでぐうの音も出ない、完全に白旗を揚げるしかない状態のようにしか感じられませんでした。

確かに、『古今和歌集』がそんな「くだらぬ」ものなのであれば、何も難しい古典を苦労して読む必要はないように思えます。ただの時間潰しなら、もっと簡単で気軽なもので構わないでしょう。では、実際のところどうなのでしょうか。

ここで一つ認識しておかなければいけないのは、この歌が『古今和歌集』に収められていること、そしてその巻頭歌だということです。『古今和歌集』が勅撰和歌集の最初のものだということは、文学史の知識として誰でも知っていると思います。そのことを、軽く見るべきではありません。

勅撰和歌集とは、天皇の命令で――後の時代には上皇の命令である場合もあります――編纂された歌集を言います。言わば国家事業として制作された歌集で、公的な性格を持ったものですから、勅撰和歌集に歌が選ばれるのは、大変名誉なことだったのです。時代は下りますが、平安時代の末期、平家の武将で歌才もあった平忠度が、平家一門が源氏に追われて都落ちした際に、当時編纂中だった『千載和歌集』に自分の歌を採って欲しいと思って、撰者であり和歌の師でもあった藤原俊成に自分の歌を託すために危険を冒して都に引き返した逸話は有名です。また、これは勅撰和歌集の話ではありませんけれども、壬生忠見が歌合で平兼盛に敗れたために悶え死にした、という話もあります。もっとも、死んだというのは実話ではないようですが、王朝びとにとって、和歌を評価されるというのはそれだけの価値のあるもので、命懸けと言っても過言ではないようなことだったのです。その勅撰和歌集の、しかも巻頭歌に選ばれた歌が、そんな価値のない歌だったと考えることはできません。もちろん勅撰和歌集の権威は編纂が積み重ねられることで徐々に確立して行ったのでしょうけれども、大喜利で座布団を獲得するような程度のことと同一視できるものでなかったのは間違いのないところです。それを、簡単に「しやれにもならぬつまらぬ歌」であると決め付けることには、十分に慎重でなければなりません。

新暦と旧暦

この問題を考えるために、当時の暦について簡単に説明しておきます。

現在使われているのは太陽暦で、これは地球が太陽の周りを廻る公転の周期を基に作られています。公転の周期はおおよそ三六五・二五日なので、一年を三六五日とします。〇・二五日の端数がありますが、これが四年で一日分になるので、四年に一度、二月に一日足して一年を三六六日とする閏年を設けることによって調整しています。これは皆さんもご存じのことでしょう。

それに対して、古典の時代には、月の満ち欠けの周期を基に作られた暦が使われていました。現在の暦を「新暦」というのに対して「旧暦」とも言われます。日本では、旧暦の明治五年（一八七二）一二月三日を新暦の明治六年（一八七三）一月一日にすることによって暦の切り替えを行ないましたが、それまではこの月を基にした暦が使われていたのです。

月の満ち欠けの周期は約二九・五日ですから、一箇月を二九日か三〇日とします。そうすると、一二箇月で三五四日になりますが、そのままだと少々困ったことが起ります。一年の日数が太陽暦の三六五日と比べて一〇日以上も少ないのですから、だんだんと日付と季節のずれが大きくなって行きます。その内に六月に大雪が降るようなことになってしまったら、生活に支障を来してしまいます。

そういうことを防ぐために、ずれが約一箇月分になる三年に一度くらい、閏月というものを設けます。閏月というのは、一年の内に同じ月をもう一回入れることで、たとえば一月、二月、三月の後、四月の前に閏三月を入れます。閏月のある年は一年が一三か月になるわけですが、それによって太陽暦の一年の日数との差異を解消させているのです。今、三月の後に閏月を入れたのはあくまでも「たとえば」で、実際には何月が閏月になるのかはその都度変わります。月（太陰）の満ち欠けによる暦を太陽の運行（地球の公転）によって調整しているので、これを太陰太陽暦と言います。

旧暦では、一月から三月が春、四月から六月が夏、七月から九月が秋、一〇月から一二月が冬です。一月から春、というのはずいぶん早いように感じるかもしれませんけれども、旧暦と新暦では一箇月ほどのずれがあります。先ほど、旧暦では新年と立春が同じ頃に来ると書きましたが、立春は新暦の二月四日頃、これが旧暦の一月一日前後に当たります。年賀状に「迎春」とか「新春」とか書いたりするのも、正月が春の始まりだからです。中国などアジアの国々では、現在でも旧正月（春節）を大々的に祝うところがあって、ちょうどその頃に長期の休みを利用した観光客が日本にも大勢訪れますから、何となく判っている人も多いのではないかと思います。

「はじめに」に、『伊勢物語』第四段のことを書きましたけれども、梅の花が咲いていた一月一〇日頃は当然旧暦で、現在の暦で言えば二月中旬、梅の花盛りになっているのはまったくおかしなことではないのです。ほかにも、暦と季節のずれが感じられるものがあって、三月三日は桃の節句ですが、新暦ではまだ桃の花は咲いていませんし、七月七日の七夕は大抵梅雨の最中で、天の川が見られる確率はかなり低いでしょう。これらは、旧暦の日付の行事を新暦で行なっているために起こっていることで、旧暦なら三月三日は桃の花の季節ですし、七月七日には梅雨も明けていて、晴れている日が多かったはずです。

ここで、少し脱線しますけれども、七夕の話をします。

七夕を新暦の七月七日に行なうようになって、雨降りの日が多くなりました。それで牽牛と織女の年に一度の折角の逢瀬の機会が雨で駄目になってしまう、と思われがちですけれども、かならずしもそうとばかりも言えないようで、天気が悪くても二人は逢えている、という考え方もあったようです。

恋ひ恋ひて　逢ふ夜は今宵　天の川　霧立ちわたり　明けずもあらなむ

（『古今和歌集』巻第四・秋歌上、第一七六番歌。詠み人しらず）

この夕《ゆふべ》　降り来る雨は　牽牛《ひこぼし》の　早漕ぐ舟の　櫂の散りかも
（『万葉集』巻第一〇、第二〇五二番歌）

一首めの歌で天の川の川霧が詠まれていますが、それは地上から見れば空に雲がかかって天の川が見えなくなったということです。天の川に川霧が出れば、二人の逢瀬が人から見られることがない、という考え方です。つまり、空に雲が懸かることを、霧のお蔭で二人が人目を気にせず逢瀬を楽しむことができる、夜が明けても霧が出ていればそのまま逢い続けていることができる、だから川霧が出て欲しい、とする発想です。

二首めの歌は、七夕の夜に雨が降って来たのですが、それを牽牛が漕ぐ舟の櫂から落ちる滴だと見做しているのです。牽牛が舟を漕いでいるのが織女との逢瀬のためなのは言うまでもありません。

閑話休題。

閏月を設けるという工夫で暦と季節のずれを小さくしているとはいえ、最大で一箇月ほどずれるわけですから、日付だけを頼りに生活していると、実際の季節とのずれが起こって来ます。

そこで、それを補うために「二十四節季」というものを用います。これは太陽の運行を基に一年を春夏秋冬の四つに分けて、それをさらに六つに分けたもので、これで季節を表わします。立春もその中の一つで、この日から春が始まることを示す節季です。

季節	二十四節季	日付(新暦)
春	立春（りっしゅん）	2月4日頃
	雨水（うすい）	2月19日頃
	啓蟄（けいちつ）	3月5日頃
	春分（しゅんぶん）	3月21日頃
	清明（せいめい）	4月5日頃
	穀雨（こくう）	4月20日頃
夏	立夏（りっか）	5月5日頃
	小満（しょうまん）	5月21日頃
	芒種（ぼうしゅ）	6月6日頃
	夏至（げし）	6月21日頃
	小暑（しょうしょ）	7月7日頃
	大暑（たいしょ）	7月23日頃
秋	立秋（りっしゅう）	8月8日頃
	処暑（しょしょ）	8月23日頃
	白露（はくろ）	9月8日頃
	秋分（しゅうぶん）	9月23日頃
	寒露（かんろ）	10月8日頃
	霜降（そうこう）	10月24日頃
冬	立冬（りっとう）	11月7日頃
	小雪（しょうせつ）	11月22日頃
	大雪（たいせつ）	12月7日頃
	冬至（とうじ）	12月21日頃
	小寒（しょうかん）	1月5日頃
	大寒（だいかん）	1月21日頃

月・日は月の満ち欠け、二十四節季は太陽の運行、という別の基準によって決められているわけですから、そこには当然ずれが発生します。そのずれの現われの一つが、約二年に一度起こる年内立春です。

さて、立春から春が始まる、ということは、その前日までは当然冬です。平安時代の貴族たちが暮す京都は盆地ですから、夏は暑く冬は寒い気候で、特に冬の底冷えは相当に厳しいものがあります。

王朝びとは、現代人のように冷暖房の完備した住居に住んでいるわけではありません。冬の暖房と言ったら火桶とか炭櫃《すびつ》などがあるくらいで、部屋中を暖められるようなものではありませんでした。しかも、現代の住宅なら小さく区切られた部屋のドアや窓をぴったりと閉めでもすれば、多少なりとも寒さを凌ぐことができるでしょうけれども、平安時代の貴族の屋敷は、大きな一間を衝立のようなもので仕切って生活をしていましたから、気密性などというものはないに等しかったのです。

『枕草子』に、

大きにてよきもの。家、餌袋、法師、菓子《くだもの》、牛、松の木、硯の墨。男《をのこ》の眼の細きは、女びたり。また、鋺《かなまり》のやうなるもおそろし。火桶、酸漿《ほほづき》、山吹の花、桜の花びら。

（「大きにてよきもの」）

とあります。大きいのが良いものの一例として、火桶があげられているわけですが、言うまでもなく、大きいものの方が暖かいからです。

また、同じく『枕草子』に、

節分違《せちぶん》へなどして、夜深く帰る。寒きこと、いとわりなく、頤《おとがひ》などもみな落ちぬべきを、からうして来着きて、火桶引き寄せたるに、火の大きにて、つゆ黒みたるところもなくめでたきを、細かなる灰の中より起し出でたること、いみじうをかしけれ。

（「節分違へなどして」）

というのもあって、これは夜、外から帰って来た、という条件付きですけれども、寒さを「頤などもみな落ちぬべき」と表現しています。現代で言えば、歯の根も合わない、というようなことでしょう。それほどまでに寒いだけに、家に入って火桶の火に当たることのありがたみが溢れる描写です。そういう厳しい寒さの冬を過して来て、春がやって来た時の王朝びとの喜びは非常に大きかったでしょう。

『古今和歌集』の先ほどの歌の次にある歌です。

春立ちける日、詠める　　　　　　　紀貫之

袖ひちて　むすびし水の　こほれるを　春立つ今日の　風やとくらむ

（巻第一・春歌上、第二番歌）

これも「春立ちける日」、つまり立春に詠まれたものですが、こちらは、第一番歌のような年内立春の歌ではありませんから、正月も来て、春もやって来ているのでしょう。だから、寒い寒い冬が終って暖かい春が来たことを、素直に大喜びしているのです。

もちろん、実際の自然現象としては、立春が来たら前日までとは打って変わって気温が上がってたちまち氷が融ける、などということは起こらないわけですけれども、王朝びとにとっては、春が来るということはそれほど嬉しいことだったのです。けれども、第一番歌ではまだ一月一日――新しい年が来ていないのですから、そのことによって、春の到来を心の底から喜び切れないものがあるのです。

正月が来た後で立春が来たのだとしても、同じような戸惑いがあるのではないか、と思われるかもしれません。けれども、一月が来て春が来ていないのと、春が来て一月が来ていないの

との間には、大きな違いがあります。

第一番歌の詞書に、「ふる年に春立ちける」とあります。「ふる」は「経る」すなわち過ぎ去ったという意味ですが、同時に「古る」でもあります。「古る」はマイナス表現で、その古い年が去って新しい年がやって来るのです。王朝びとが寒い冬の間待ち望んでいたのは春です。冬が終わって春がやって来れば、暖かい風が吹いて氷が融けるのです。年内立春でなければ「古る年」は既に去って新しい年になっていますから、その後でやって来た春を心措《お》きなく喜ぶことができるのですけれども、年内立春の場合には、春は来たけれども古い年のままなのです。『万葉集』の年内立春の歌では、ただ立春を喜んでいるだけです。王朝びとにしても、年内立春であっても立春は嬉しかったでしょう。立春がやって来たことを素直に喜ぶ気持ちはあったろうと思います。けれども、まだ「古る」年のままだということが、少しだけ心の中に引っ掛かって、完全には喜び切れない気持ちが心の中にほんの僅かにあるのが、王朝びとの思いだったでしょう。「経る──古る」のような掛詞が盛んに用いられるようになるのも、平安時代になってからです。ただ、その気持ちは心の片隅に何となく蟠《わだかま》っているだけで、明確な形で意識することはなかったろうと思います。

もちろん、あと何日か待てば一月一日がやって来ることは王朝びとも当然知っています。一月一日がやって来ないことはありえないのですから、立春が来たことを素直に喜べば良いのだと言われればそれまでですし、それは王朝びとにも判っていたはずです。けれども、それでは割り切れない何となくもやもやしたものが心の中にあって、そのもやもやした心の中の微かな思いを明確な形で言語化してくれる人がいたなら、それを喝采したい気持ちになったのではないでしょうか。

誰も知らなかったことを発見するのにはもちろん価値がありますが、誰もが知っていることを発見するのはそれよりもずっと難しいものです。誰もが知っていたけれども、あまりにも当たり前過ぎて誰もそれを明確な形で表現することができなかったものを、誰もが共感できるような形で言語化したところに、『古今和歌集』巻頭歌の意味があるのだと思います。言われるまではほとんど意識することがなかったけれども、言われてみれば正にその通り、膝を叩きたくなる思いがしたのでしょう。

平安時代の京都に貴族として生活していない限り、この感性を共有することはできないのかもしれません。けれども、王朝びとがどのように感じていたかを理解する努力なしに、平安時代の文学を読むことはできません。それはこの歌の理解に限ったことではなく、また、平安文学に限ったことでもなくて、どの時代のどんな作品を読む場合でも、かならず必要になることです。

もう一つ、子規が「日本人と外国人との合の子を日本人とや申さん外国人とや申さんとしやれたると同じ事」と言ったことについて触れておきます。

現代の知識人がこんな発言をしたら、間違いなく大問題になるところですが、これは当時の時代・社会の中でのものですから、現代の物差しで一方的に非難することは避けるべきでしょう。今はそういう問題は措くとして、この発言は、『古今和歌集』の歌を考えるうえで非常に示唆的なものだと思います。

蓮實重彥というフランス文学者・文芸評論家・映画評論家……が、ご子息が小さかった頃のエピソードを書いています。(註三) 蓮實さんの奥様はベルギーの人で、フランス語を母国語としています。ご子息は、自分では根っからの日本人だという意識を持っていますが、家庭内ではフランス語を使っているため、フランス語を母国語同様に操ることのできる少年でした。その少年が、奥様――少年にとっては母親――と手を繋いで散歩している時に、欧米人を見かけると指をさして「ガイジーン！」と言うのだそうです。

他人から見れば、欧米人の母親に連れられた子供が、母親と同じ欧米人に向って「ガイジーン！」と言うことなど、滑稽な行動だとしか感じられないかもしれません。けれども、蓮實少年本人にとってみれば、自分が日本人であることを、欧米人とは違うことを主張していたのでしょう。

他人から見れば、フランス語を自在に操れる少年など羨ましい限り、そんなことに悩むべき要素など何一つないようにも感じられます。けれども、本人にとってみれば、フランス語が喋れてしまうこと、周りの日本人の少年とは違うことが、大きな悩みの種だったのです。その悩みの本当のところは本人にしか判らないのかもしれませんけれども、身近にそういう人がいるなら、ただの笑い話で済ませられることではありません。

これはまさに子規の言う「日本人と外国人との……」の実例です。こういう問題は、当時の社会や子規にとっては「しやれにもならぬ」で済んだのでしょうけれども、現代の社会やその当事者にとっては極めて切実で深刻な問題です。「しやれ」でもなければ「つまらぬ」ものでもありません。「去年とや言はむ　今年とや言はむ」ということは、現代のわれわれにとっては「しやれにもならぬつまらぬ」ことにしか感じられないものだとしても、王朝びとにとってもそうだったと言うことはできません。

『古今和歌集』などの和歌を、「言語遊戯」とか「観念的」などと評しているものも目にします。良く言えば知的な、悪く言えば頭で作った実感のないただの遊び、ということにもなるでしょう。たとえば、掛詞は駄洒落のようなものだ、というようなニュアンスの説明がされることがあります。卑近な例で言えば、ＪＲ東日本のＩＣカード「Ｓｕｉｃａ」が、「Super Urban Intelligent Card」の略称であると同時に「スイスイ行けるカード」の意味が掛かっているのと同じような手法だ、というわけです。

こういう説明は、かならずしも平安時代の和歌に否定的な立場からのものではなく、平安時代の和歌を親しみやすく、面白さを感じさせる目的での発言であることもあるようなのですが、そのような見方は、本質的には大きくずれていると思います。今の「Ｓｕｉｃａ」の例で言えば、その名前を聞いて、言葉遊びとしてちょっと面白いと感じる人はいるかもしれませんが、「スイスイ行ける」ことを実感して深く共感するようなものではないでしょう。そういうものなら、「しやれ」になっているか、「つまらぬ」ものか、批評することはできますけれども、平安時代の和歌における掛詞表現が、それと同じようなものだとは言えません。現代人が実感できないことだとしても、王朝びとが実感できていたのだとしたら、それを理解しようとする努力は欠かせません。

『古今和歌集』の巻頭歌は、王朝びとにとっては実感の籠った歌だったのだろうと思います。そういうことを理解しようとせずに、あくまでも現代人の感覚で読むのであれば、それが子規のような否定的なものであれ、逆に絢爛豪華な王朝文化への憧れによるものであれ、平安時代の文学を正しく理解することはできないでしょう。そういう意味で、子規の批評は、『古今和歌集』の歌を正当に批判したものだとは言えません。平安時代の文学を近代人の観点・感性で裁断するのは、けっして文学作品の正しい読み方ではないのです。(註四)

もっとも、子規はそんなことは承知のうえで「再び歌よみに与ふる書」を書いたのではないか、という気もします。『古今和歌集』の良さは誰よりも判っていながら、自らの短歌革新運動を推進するために、敢えて極端な、昔ながらの和歌を全否定するような主張をしたということもありえます。だとしたら。子規としては、今に至るまでこんなことが議論されていること自体が、してやったり、というところなのかもしれません。

ところで、最初に子規の文章を引用するのに、敢えてルビを振りませんでした。平安文学のような古い時代に書かれたものではなく、たかだか今から一〇〇年ちょっと前の、近代になってから書かれたものですけれども、授業で学生を指名して読ませてみても、つかえることなく読めた試しがありません。「有之候」「存申候」「相成候」などとありますが、明治・大正期にはそれほど珍しい使い方ではありませんから、古典文学を専門にしようとする人でなくても、これくらいは読めるようになっていて欲しいと思います。それぞれ、「これありそうろう」「ぞんじもうしそうろう」「あいなりそうろう」です。それ以外のものは辞書を引けば出て来ますから、読めないところがあったら自分で調べてみてください。

註一　代表的なものとして、池田亀鑑『平安朝の生活と文学』（筑摩書房／ちくま学芸文庫、二〇一二年一月）を紹介しておきます。

註二　山崎正之・針原孝之・神作光一・雨海博洋編『資料日本文学史　上代・中古篇』（桜楓社、一九七六年三月）。

註三　蓮實重彥『反＝日本語論』（筑摩書房／ちくま学芸文庫、二〇〇九年七月。序章「パスカルにさからって」）。

註四　小松英雄『やまとうた　古今和歌集の言語ゲーム』（講談社、一九九四年一〇月。本論1「春は来にけり」）に、『古今和歌集』第一番歌に対する真摯な考察があります。一首の歌を解釈するのにどれだけの考慮が必要かを示唆されると思いますので、興味のある方は一読をお奨めします。

第三講　月と干支の話

――平安時代のカレンダー――

月の満ち欠け

第二講で、旧暦が月の満ち欠けの周期を基に作られていることを説明しました。月の満ち欠けを基準にした暦で生活をしていた王朝びとは、現代のわれわれよりも月に対して遙かに親しんでいたということです。平安時代の文学作品を読むうえでは、この月の満ち欠けについて十分に理解しておく必要があります。

暦が月の満ち欠けを基準にしている——つまり月がカレンダーなのですから、若干のずれが発生することはあるものの、基本的には日付と月齢は一致します。三日なら三日月が、一五日なら一五日の月、すなわち満月が出ます。言い方を変えると、月の形を見ればその日が何日なのかが判るということです。

もう一つ、月は、形（月齢）が同じなら、同じ時刻に昇って同じ時刻に沈みます。厳密には季節によって多少の誤差はありますけれども、大きく何時間も違いが出るということはありません。たとえば、一五日の月なら、一八時に昇って翌日の六時に沈みます。その中間の〇時には一番高いところにあるということです。つまり、月の形と位置によって、その時の時刻が判るのです。

『竹取物語』に、こういう場面があります。

かかるほどに、宵うち過ぎて、子《ね》の刻《とき》ばかりに、家のあたり、昼の明かさにも過ぎて、光りたり。望月の明かさを十合せたるばかりにて、在る人の毛の穴さへ見ゆるほどなり。

この場面は、八月一五日に月の都の人々がかぐや姫を迎えに来るところです。「子の刻」というのは〇時ですから、ちょうど月が南天した時分です。つまり、日付と時刻から、月の都の人々が天高く昇った満月からやって来たことが判ります。作品の本文には直接そういうふうには書かれていませんけれども、月に親しんでいた当時の読者であれば、そのことが当然のように判ったのです。誰もが同じように読めたわけですから、月の状態が言葉として明記されていなくても、そう書かれていると言って良いのです。現代のわれわれが読む場合でも、そのことを前提にしなければなりません。

月の出・入は毎日少しずつ遅れて行きます。満月の日の翌日、一六日のことを「十六夜《いざよい》」と言いますが、これは満月の日よりも少し月の出るのが遅いことから、月が出るのを「いさよふ」(=ためらう)というところから来ています。ほかにも、一七日を立待《たちまち》、一八日を居待《いまち》、一九日を臥待《ふしまち》と言って、これは月の出が段々と遅くなって行くので、前日までは月を立って待っていたのが、待ち切れずに坐って待つようになり、更に横になって待つようになる、というところからの名称です。

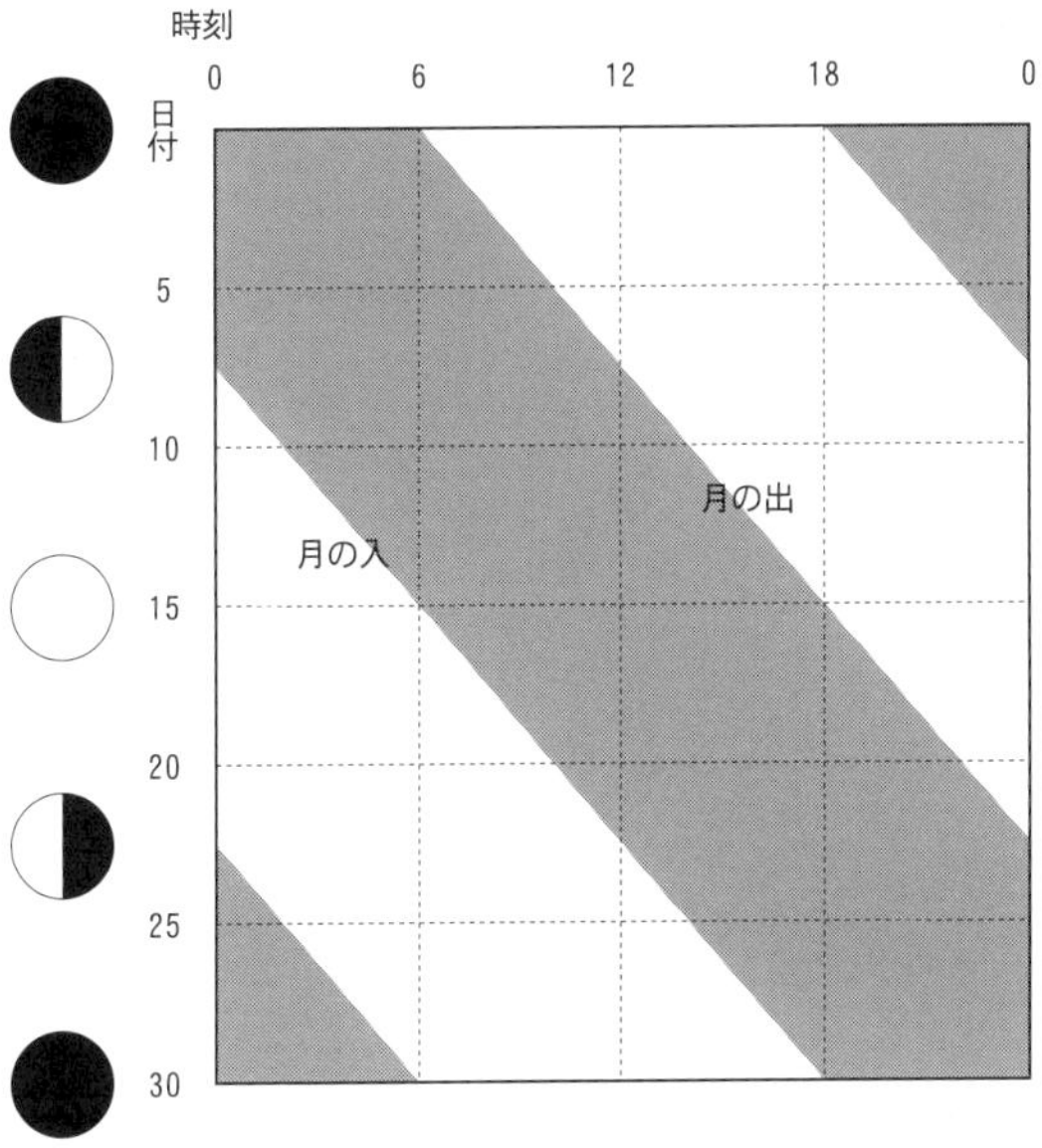

月の出・入の時刻の目安を簡単な図にして示しました。当時の読者はこれが頭に入っていた、というよりもむしろ、生活の中に入り込んでいた、身に染み付いていたのですから、現代の読者も最低限そのレベルに追い付いていなければなりません。

これを全部覚えるのは大変だと思うかもしれませんけれども、月の出・入の時刻は一箇月で元に戻るわけですから、どこか一箇所だけでも覚えておけば、そこから五日で四時間ずつずらして行くことで簡単に求めることができます。ちなみに著者は、満月の日の描写が実際の作品に出て来ることが多いので、一五日を覚えています。

もちろん、特定の作品の特定の場面で、月が何時に出たか、何時に沈んだかが大きな問題になるような場合には、目安で済ませずにきちんと調べる必要がありますけれども、ふつうに作品を読むうえでは、このくらいのおおよその時刻が判っていれば大丈夫です。ただ、このことをまったく知らずに作品を読んでいると、イメージしていた作品の場面と、実際に書かれていることがかなり違っていたということも起こりうるので、大雑把にではあっても把握しておくことは必要です。

次にあげるように、物語であれ日記であれ、平安時代の文学作品には、月の描写が多く見られます。

その十三日の夜、月、いみじく隈なく明かきに、みな人も寝たる夜中ばかりに、縁に出でゐて、姉なる人、つくづくとながめて、……。（『更級日記』）

まづ、女御の御方にて、昔の御物語など聞えたまふに、夜更けにけり。二十日の月、さし出づるほどに、いとど木高き影ども、木暗く見えわたりて、近き橘の薫りなつかしくにほひて、女御の御けはひ、ねびにたれど、あくまで用意あり、あてにらうたげなり。

（『源氏物語』「花散里」巻）

当時の読者であれば、これだけの描写から、現代のわれわれが読み取ることのできること以上の情報を、得ることができるのです。『更級日記』には「十三日の夜」の「夜中」に月を見ていますし、『源氏物語』では、「二十日の月」が「さし出づるほど」と書かれていますから、それだけでその場面の状況が、イメージできるわけです。

ところで、第二講で桃の節句や七夕など、新暦の日付で行なうようになって実際の季節とはずれが生じてしまっている行事があることを書きましたけれども、中には現在でも旧暦の日付で行なわれているものもあります。その一つが「十五夜」で、これは八月一五日の月を指しますが、今でも新暦ではなく旧暦で行なわれています。新暦八月一五日なら猛暑の盛りで月見どころではありませんし、そもそも新暦の一五日に満月が出ている保証もまったくありませんから、月を見るのであれば月の満ち欠けを基準にした旧暦で行なわないとうまく行きません。旧暦八月一五日は新暦にすれば九月から一〇月に掛けての日になります。同じく月を見る行事の十三夜（九月一三日）も、当然旧暦で行なわれています。

十干十二支

皆さんは十干十二支《じっかんじゅうにし》というものをご存じでしょうか。もし知らないとしても、干支《えと》なら知っているという人は多いと思います。自分は卯年生まれだとか酉年生まれだとか言ったり、年賀状に午年なら馬のイラストをあしらったり、生まれ年と同じ干支の年には年男とか年女と言ったり……、という経験もあるでしょう。そのほかにも、土用の丑の日、酉の市、初午……などという言葉を聞いたこともあるのではないかと思いますけれども、これらはすべて干支に関連しているもので、毎日意識することはないにしても、実は日常生活の中に入り込んでいます。

干支《かんし》は、十干十二支を省略した言い方です。ただし、今あげた例はどれも十二支で、先に書いた十干十二支が正式です。

まず十干ですが、中国の古い考え方で「五行」というものがあって、これは、かなり大雑把に言うと、すべてのものは五つの元素からできているという考え方です。その五つとは、「木・火・土・金・水」で、それらがそれぞれ陽（兄＝え）と陰（弟＝と）があるので全部で一〇個です。「木」の「兄」だから「きのえ」、「木」の「弟」だから「きのと」、という具合で、続けて「ひのえ・ひのと・つちのえ・つちのと・かのえ・かのと・みずのえ・みずのと」となります。それに漢字を宛てたのが、「甲・乙・丙・丁・戊・己・庚・辛・壬・癸」です。

これに十二支、すなわち「子・丑・寅・卯・辰・巳・午・未・申・酉・戌・亥」を組み合せたのが十干十二支です。「甲」と「子」を組み合せて「甲子《きのえね》」、「丙」と「午」を組み合せて「丙午《ひのえうま》」といった具合です。

	十干	十二支					
木	甲（きのえ）	子	戌	申	午	辰	寅
	乙（きのと）	丑	亥	酉	未	巳	卯
火	丙（ひのえ）	寅	子	戌	申	午	辰
	丁（ひのと）	卯	丑	亥	酉	未	巳
土	戊（つちのえ）	辰	寅	子	戌	申	午
	己（つちのと）	巳	卯	丑	亥	酉	未
金	庚（かのえ）	午	辰	寅	子	戌	申
	辛（かのと）	未	巳	卯	丑	亥	酉
水	壬（みずのえ）	申	午	辰	寅	子	戌
	癸（みずのと）	酉	未	巳	卯	丑	亥

この十干十二支を、年を数えるのに使います。先ほども書いたように、自分の生まれ年とか年賀状のデザインとか、十二支だけが意識して使われることが多いのですが、十干と組み合せ

て言うのが正式で、昔の歴史書などでは、干支で年を表わすのが一般的でした。

日本史の授業で、「乙巳《いっし》の変」とか「壬申《じんしん》の乱」というのを教わった記憶があるのではないかと思います。乙巳の変は皇極天皇四年（六四五）に起こった政変で、この年の干支が乙巳だったことからそう呼ばれています。もっとも、著者が勉強した頃は乙巳の変ではなく、それも含めて大化の改新と呼ばれていましたが……。壬申の乱も同じような命名で、天武天皇元年（六七二）の干支が壬申だったことによります。ずっと時代が下った戊辰《ぼしん》戦争も、開戦の年慶応四年（一八六八）の干支から来ています。

そのほか、プロ野球阪神タイガーズの本拠地、高校球児の聖地として知られる阪神甲子園球場は、大正一三年（一九二四）に完成したのですが、その年の干支が甲子だったことから名付けられました。こうやって一つ一つ数え上げて行くと、これまでほとんど馴染のないように思っていた干支が、案外身近なものだったことが判るでしょう。

十干と十二支をそれぞれ順番に並べて組み合せて行くと、一〇と一二の最小公倍数、六〇通りの組み合せが出来ます。六〇年で一巡して六一年めに元の干支に戻ることから、数え年六一歳のことを「還暦」と言います。数え年というのは生まれた時を一歳として、年が改まるごとに歳を重ねる数え方です。現在では満年齢が使われるので六〇歳の誕生日を迎えて還暦のお祝いをすることが多いと思いますが、干支が元に戻るのが「還暦」なのですから、本来は誕生日とは関係がないのです。

十干十二支は、日付を数えるのにも使います。日付の場合には十二支だけを使うことも多いのですが、これも正式には十干十二支です。

先ほどあげたもののうち、土用の丑の日は、これも五行の考え方で、四季を木用・火用・金用・水用・土用の五つに分けるのですけれども、その中の土用の期間の内の丑の日を言います。土用は四季それぞれにあるのですが、現在では夏の土用のことを指すことがほとんどです。各土用の期間は一八日間あるので、その間に丑の日が二回廻って来ることもあります。ちなみに、土用の丑の日に鰻を食べる習慣は、江戸時代の蘭学者・発明家……その他数多くの肩書を持つ平賀源内（一七二八～一七八〇）が考案したとも言われていますが、その根拠はさほど定かではないようです。

酉の市は一一月の酉の日に行なわれる祭です。一箇月の間には最低二回同じ十二支が入りますので、毎年一の酉、二の酉があって、年によっては三回入って三の酉まであることもあります。初午は二月最初の午の日です。

今日ではそういう特別な日でなければその日の十二支を意識することはないでしょうけれども、かつてはもっと身近なものだったのです。

平安時代の貴族たちは政府から「具注暦《ぐちゅうれき》」と呼ばれる暦を配布されていて、そこに日々の記録を付けていたのですが、その具注暦には毎日の干支が記されていました。具注暦はいくつも残されているのですが、当時の貴族の生活ぶりが判る貴重な史料で、藤原道長の『御堂関白記』は特に有名です。その『御堂関白記』には、こんなふうに書かれています。

一日、庚辰、金定
以酉時入内（註二）、上達部・殿上人等多来、家人十八九参、……
二日、辛巳、金執
蔵人頭大蔵卿正光御使来、上達部多来、進盃、……
（長保元年一一月）

「庚申」「辛巳」がそれぞれの日の干支、「金定」「金執」が納音《なっちん》・十二直《じゅうにちょく》と言われる吉凶を示すもので、ここまでが元々具注暦に書かれていた部分です。その後にあるのが道長が書いたもので、ここは両日とも娘の彰子の入内に関する記録です。

文学作品でも、『土左日記』に次のような場面があります。

廿九日　船出だして行く。うらうらと照りて、漕ぎ行く。爪のいと長くなりにたるを見て、日を数ふれば、けふは子の日なりければ、切らず。

前土佐守一行が京都へ戻る船路の途中、爪が長くなっていたのに気づいて切ろうと思ったけれども、その日の十二支が子だったので切らなかった、ということです。手の爪を切る吉日は丑の日、足の爪は寅の日と決まっていたようで、その日は爪を切らなかったのです。京都で宮廷生活を送っていれば日々暦を意識することになるのでしょうが、この時は船旅の途中なので、爪を切ろうと思ったことを切っ掛けに日数を数えてその日が何の日なのかを確認したということです。ここは恐らく手の爪で、翌日まで待って切ったのでしょう。日を決めて爪を定期的に切っていたので、爪が切るような長さまで伸びて来たことから、そろそろ丑の日になるのかと思ったのだと思います。

そういう細かいルールを全部覚えるのは不可能ですし、覚える意味もあまりありませんけれども、王朝びとがそんな慣習の中で生活していたことは、理解しておくべきでしょう。

ついでに書いておきますが、『土左日記』の原文に「廿九日」とあるものを、以前は「はつかあまりここのか」と和語で読め、と教えられることが多かったのですが、現在は、「にじゅうくにち」と字音で読むべきとする考え方が強くなって来ているようです。和語で読むのは作品の冒頭近くで京への旅に出立する一二月二一日を「しはすのはつかあまりひとひのひ」とすべて仮名で書いてある例があるからで、その他の日付もこれに倣って和語読みするということなのですが、この一二月二一日が仮名で書かれているのに対して、その他の日付は先ほど引用した「廿九日」も含めて漢字で書かれています。漢字で書かれているのは字音読みされることを想定しているのだから字音で読むべきだと考えるのが、最近の趨勢だと思われます。著者も字音読み派ですけれども、和語読みで教わった人もまだまだ多くいると思いますから、両方の読み方を知っていた方が良いでしょう。

なお、年や日と比べると使われる機会は少ないようですが、月にも干支はあって、たとえば先ほど引用した『御堂関白記』の長保元年一一月には「丙子」と記されています。

十二支で時刻を表わすこともあります。先ほど引用した『竹取物語』の中に、「子の刻」というのが出て来ました。子は〇時ですが、刻には幅があって、〇時を中心とする二時間、二三時から一時までということになります。以後、丑・寅・卯……と二時間ずつ進みます。午の刻は一一時から一三時までの二時間ですが、その中心になる一二時のことを正午と言います。そしてその前の時間帯が午前、後の時間帯が午後で、これらは現在でも日常的に使われる言葉として残っています。

一つの刻が二時間と長いので、それを四つに分けます。丑なら一時が丑一つ、一時半が丑二つ、二時が丑三つ、二時半が丑四つです。「草木も眠る丑三つ時」という言葉を聞いたことがあると思いますが、それはここから来ているのです。

ほかにも、十二支は方角を表わすのに使われます。

北が子、東が卯、南が午、西が酉で、それぞれその途中の方角にも、十二支が順番に割り当てられています。子と卯の間に丑（北北東）・寅（東北東）、卯と午の間に辰（東南東）・巳（南南東）……という具合です。北極点と南極点を結ぶ線を子午線と言いますが、これは子（北）と午（南）から来ています。

十二支では示せないその中間の方角を指す言葉もあります。丑と寅の間、つまり北東の方角を「うしとら」と言って、「艮」の字を宛てます。同じく辰と巳の間が「巽《たつみ》」、未と申の間が「坤《ひつじさる》」、戌と亥の間が「乾《いぬい》」です。それぞれの示す方角は、一々書くまでもないでしょう。

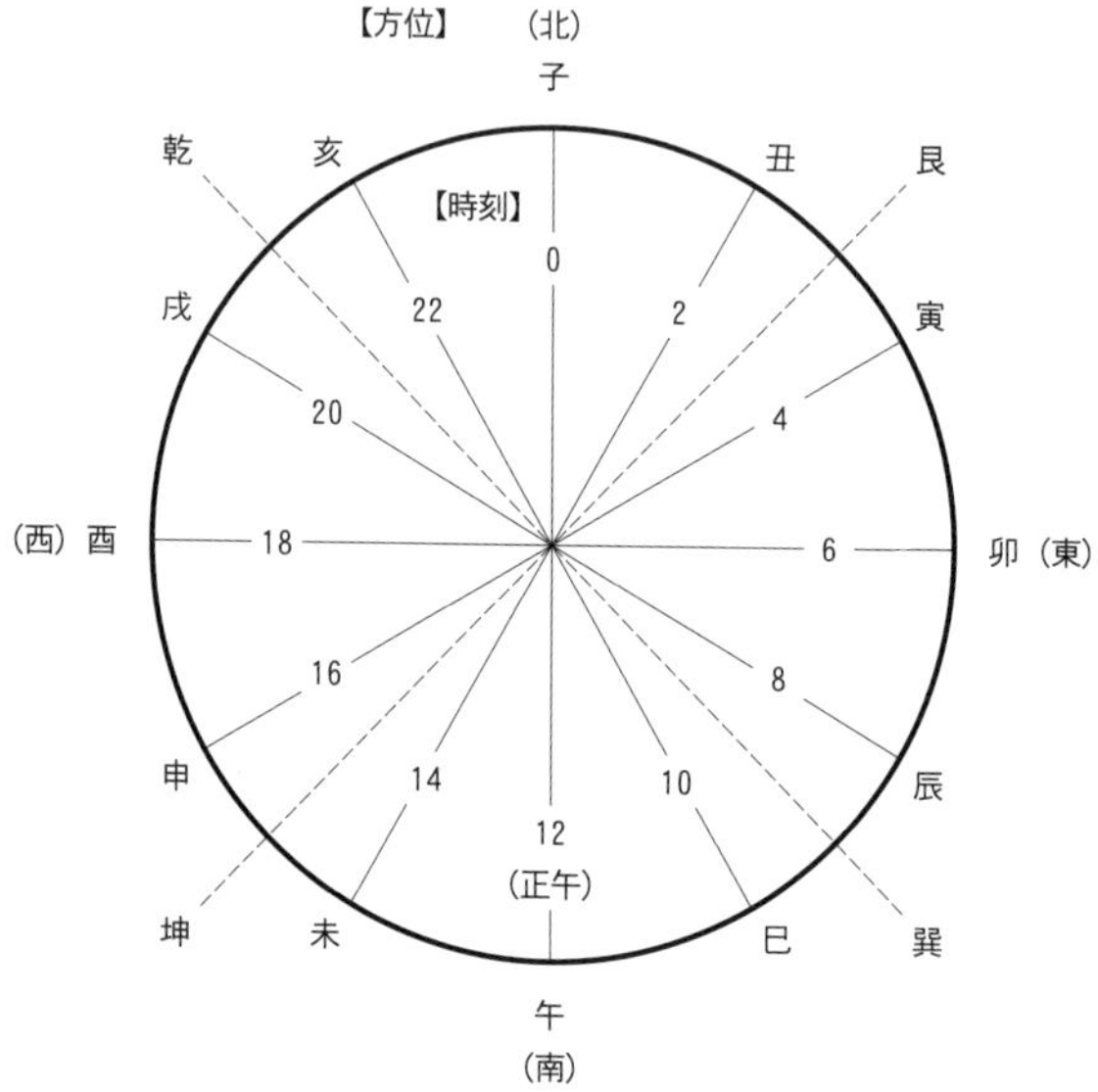

この中でも「艮」の方角は、鬼が出入りする方角だとされていて、別名「鬼門」とも呼ばれます。鬼門は悪い方角なので、そこを守ることが行なわれます。平安京で言えば、内裏の艮の方角に比叡山延暦寺があって、京都の街を守っているのです。

こういうことは、かならずしも古典の作品を読むうえで直接役に立つとは限りませんけれども、知っていることによって何となくイメージが湧いて来ることもありますから、知っていることに越したことはありません。

最後に、「鬼門」にまつわる余談です。

皆さんが、鬼の絵を描いて下さいと言われたら、どんなふうに描くでしょうか。恐らく、頭に角が二本、牙があって虎の革のパンツ——江戸小噺では褌ですが——を履いた姿でしょう。現代人はそれが当たり前だと思っていますが、平安時代の人たちのイメージもそうだったのかというと、そういうわけではありませんでした。

奈良時代、『出雲国風土記』の中に一つ目の鬼というのが出て来はしますが、平安時代には、鬼には姿がないものだったようです。『古今和歌集』の「仮名序」には、「目に見えぬ鬼神をもあはれと思はせ」とありますし、『伊勢物語』の第六段、有名な芥川の件《くだ》りに鬼が出て来て女を喰べてしまう話がありますけれども、その姿が描かれることはありません。

『大鏡』には、藤原忠平が、帝の命を受けて内裏の紫宸殿という建物——内裏の正殿です——の御帳台の後ろを通ろうとした時に、鬼に太刀の鐺《こじり》を摑まれた話が載っています。毛むくじゃらの手で、爪が刀の刃のようだったのでそれと推測したのですが、これは身体の一部分とは言え具体的な描写があって、やや微妙なところはありますけれども、忠平は鬼の姿を見ているわけではなくて手探りしてその様子を察知したのですし、少なくとも現代人が思い浮べるような鬼の姿で描かれていないことは間違いありません。この話では、忠平が、帝の命で通行する者を妨げるのは何者か、と言って太刀を引き抜くと、鬼は「艮の隅ざま」に退散します。やはり鬼のいるところは艮の方角だということです。なお、ここで太刀を引き抜いたのは、それで戦おうとしたのではなくて魔除けのためです。

これは「南殿（＝紫宸殿）の鬼」として知られている話で、『源氏物語』「夕顔」巻にはこの話を承けて書かれた場面があります。光源氏が、夕顔という女性の屋敷に泊った後、別の屋敷に移ったのですが、その屋敷は、鬼が出てもおかしくないような荒れ果てた様子でした。その時に、光源氏が、「さりとも、鬼なども我をば見許してむ」と言います。これは、忠平が帝の威光で鬼を追い払ったのだから、帝の息子である自分には鬼も手を出さないだろう、ということで、『大鏡』が成立する以前から、この話が大変有名だったことが判ります。なお、この『源氏物語』では、光源氏が美しい女の姿を夢と幻で見ますけれども、その女が鬼だと考えられているわけではないようですから、鬼が具体的な姿を持って現われたとは言えないでしょう。

ほかにも、平安時代中期に成立した歴史書である『扶桑略記』延長七年（九二九）四月二五日の条に、「夜。鬼の跡宮中に踏む。玄亀門の外内、及び桂芳坊の辺り、中宮庁、常寧殿の内、最も多し」とか、「大きなる牛の跡に似たり」という記述があります。これも、鬼が出たことが記されているのですが、実際にその姿を目にしたわけではなくて、残っていた足跡を見て、鬼のものだと考えているのです。

ほかに、『日本三代実録』仁和三年（八八七）八月一七日にも、鬼に関する記述があります。容色端麗な男が婦人に声を掛けて樹の下に一緒に入って行ったのですが、しばらくして見に行くと、その婦人の手足が落ちていた、というのです。この記事では、それを鬼が姿を変えて殺人を行なったのだ、というふうに書いています。

非現実的な空想の産物のようにも思える鬼の存在は、こういう歴史書――『日本三代実録』に至っては国の正式な歴史書、国史です――にも記されるような事象だったわけですが、そこに描かれた鬼の姿には、まだ現代のような固定的な姿はありませんでした。室町時代あたりに多く作られた百鬼夜行絵巻に見られる鬼は、現代のわれわれの思い浮べるものに近いと言われているようですけれども、古い時代には、鬼の姿にかならずしも固定的なイメージがあったわけではないのです。

それで、鬼の姿ですが、鬼のいる方角が、艮――丑と寅の間――なので、牛の角と虎の牙や毛皮に因んだ姿をしている、と言われています。ただしこれはあくまでも一つの説で、本当にそうなのかは何とも言えませんけれども、古くから十干十二支が日本人の生活に入り込んでいたことを示すエピソードだと考えることはできるでしょう。

註一　東京大学史料編纂所編纂『大日本古記録　御堂関白記　上』（岩波書店、一九五二年三月）によれば、原文には「以酉時以入内」とあるようですが、同書が「酉時」の下の「以」に「衍カ」と注記しているのに従いました。「衍」は衍字のことですが、それについては第五講でごく簡単に触れます。

註二　馬場あき子『鬼の研究』（筑摩書房／ちくま文庫、一九八八年一二月）。

［応用問題①］

書かれていること、書かれないこと

第二講・第三講で説明した事柄に絡んだ応用問題です。

平安時代末期に成立した『堤中納言物語』という作品があります。この作品は、平安時代としては珍しい短篇物語集で、一〇篇——一一篇とする説もあります——の短篇物語が収められています。その中から、「花桜折る少将」という短篇の冒頭の一節を引用します。

> 月にはかられて、夜深く起きにけるも、思ふらむところいとほしけれど、立ち帰らむも遠きほどなれば、やうやう行くに、小家などに、例音なふものも聞こえず、隈なき月に、所どころの花の木どもも、ひとへに紛ひぬべく霞みたり。

皆さんお馴染みの物語文学の冒頭とは、少々違うように感じられるかもしれません。『伊勢物語』は「昔……」、『竹取物語』なら「今は昔……」から始まります。昔話に良くある「昔々あるところに……」というのと同じく、昔のことだ、と漠然と物語の時代を設定しています。

少し時代が下るとちょっと違う冒頭表現が出て来ますが、それでも、『大和物語』は「亭子の帝、今はおりゐたまひなむとする頃……」（第一段）、『源氏物語』は「いづれの御時にか、女御・更衣あまたさぶらひたまひける中に……」（「桐壺」巻）と、表現の仕方に多少の違いはあるものの、どれも時代設定から始まっています。

それに対して、平安時代末期の物語文学になると、そういう時代設定を取り払ってしまって、いきなり物語に入るような作品が出て来ます。そういう冒頭表現は「即時的描写」と呼ばれていますが、この「花桜折る少将」も、いつ、誰が、という情報が語られることがないまま、登場人物がいきなり行動を始めます。

それでは、先ほど引用した部分から読み取れることは何か、考えてください。

いきなりそんなことを言われても、ほとんど何も書かれていないだろうと思う人も多いでしょうけれども、実はそうではありません。

著者は、この場面が、季節は春、日付は二月一五日頃、時刻は二時過ぎ頃、と見て良いだろうと考えています。本文にはそんなことはまったく書かれていないのに何を適当な、と思われるかもしれませんが、これは作品の本文に書かれていることから推測した結果です。当てずっぽうの思いつきではないのです。これから、その根拠を説明して行きます。

まず、作品冒頭の「月にはかられて」です。

これは、男が女の許に通っていて、寝ている時に建物の中に月の光が差し込んで来たのを朝日だと勘違いしたということで、それを、月に騙された、という言い方をしているのです。それで、男は慌てて飛び起きて帰途に就きます。男は、「思ふらむところいとほしけれど」、つまり普段よりも早く出て来てしまったことに対して、女が自分のことをさぞつれないと思っているだろう、と気の毒には感じるのですが、だいぶ遠くまで歩いて来てしまったこともあって、女の許に引き返すことがない、という状況です。

朝日と勘違いするほどですから、それだけ月の光が強かったということで、満月もしくはそれに近かったことが判ります。つまり、一五日頃ということです。

では、何月の一五日頃なのでしょうか。「所々の花」とありますが、平安時代末期において、ただ「花」と言えば桜を指す可能性が高いですし、そもそもこの作品のタイトルが「花桜折る少将」です。桜の花であることは間違いありません。桜の花が咲いている季節はもちろん春、旧暦の二月ですから、二月一五日頃だと考えられます。

次に、時刻です。これは、月の出・入の時刻が参考になります。一五日頃だと判ったのですから、月の出は一八時頃、入は六時頃です。だとしたら、〇時頃に南天、三時頃には四五度の角度にある、ということになります。

「夜深く」とあることから、この場面が深夜〇時頃だ、と書かれている注釈書もありますけれども、〇時ならば月は真上にありますから、建物の中に光は差し込んでは来ないでしょう。朝かと勘違いするほど屋内に月光が差し込んで来るには、もう少し時間が経過して月が傾いて来る必要があります。現代語では深夜をイメージするかもしれない「夜深し」という言葉ですが、平安時代においてはかならずしもそうではなかったようで、もっと広い範囲の時間帯を表わすことができたようです(註一)。

月が傾いているという条件を満してさえいれば良いのなら、一時でも六時でも構わないわけですけれども、ここは平安時代の貴族たちの生活習慣を踏まえて考える必要があります。

男が女の家に通っていて、自分の屋敷に帰る時に、「明く」という表現が使われている事例が多くあります。そして、その「明く」時刻は三時だとされています(註二)。ですから、三時なら女の家を出て帰って来て当然の時刻で「夜深く」はないのですから、少将が「月にはかられて」出て来たのはそれよりは早い時間帯だということです。

そのことは、引用した部分に続く場面からも伺えます。少将が、出て来た女性の家から自分の屋敷に戻る途中、風情のある屋敷を見つけて垣間見をします。

をのこども過しやりて、透垣《すいがい》のつらなる群薄《むらすすき》の繁き下に、隠れて、見れば、「少納言の君こそ、明けや、しぬらむ。出でて、見たまへ」と、言ふ。……月の明かき方に、扇をさし隠して、「月と花とを」と口ずさみて、花の方へ歩み来るに、驚かさまほしけれど、しばし見れば、おとなしき人の、「季光は、などか今まで起きぬぞ。弁の君こそ、ここなりつる。参りたまへ」と、言ふは、物へ詣づるなるべし。

ここに出て来た言葉の説明をします。

「をのこども」というのは主人公少将の供人たちを言います。「をのこ」は、漢字を宛てれば「男」になりますけれども、これと「をとこ」とは、同じ男性でも、意味合いが違います。「をとこ」は貴族男性を示す言葉で、平安時代の物語の主人公になりうる人物です。それに対して「をのこ」はそれよりも身分の低い、家臣クラスの人物に対して多く使われる呼び方です。

もっとも、それに反するかに見える例もないわけではありません。たとえば、『源氏物語』

「桐壺」巻に、「世になく清らなる玉のをのこ皇子《みこ》」という言葉が出て来ます。これは、桐壺帝の皇子——後の光源氏——が生まれた時に使われていますが、身分から言えばこの上ない家柄で、「をとこ」と呼ばれる資格は十分にあるのですけれども、「をのこ」と表現されています。それは、皇子がまだ生まれたばかり、当然元服もしていない赤ん坊だからです。「をのこ」が性別が男性であることを示すのに対して、「をとこ」は成人貴族男性を指します。生まれたばかりの赤ん坊は、「成人」の条件に該当しないので、「をのこ」と呼ばれているのです。平安時代の物語で活躍するのは「をとこ」で、この「をのこ」が物語の主人公として活躍することはまずありません。

また、「透垣のつらなる」というのは、垣根が「連なっている」意味ではありません。垣根の「つら」にある、ということです。「つら」は、現代語では「面」の字を宛てて表面を意味する言葉ですけれども、平安時代においては、側面を意味していました。たとえば、『伊勢物語』第七段に、「伊勢・尾張のあはひの海づらを行くに」とありますが、これは、海の表面、すなわち海上を行ったのではなくて、海の側面、すなわち海岸線沿いの陸路を行った、ということです。ですから、「透垣のつらなる」というのは、垣根に沿って、ということで、そこに「群薄」が生えている、ただしこの場面の季節は春ですから、前の年の秋の薄がそのまま残っている、という状況です。

もう一つ、「弁の君こそ」「少納言の君こそ」の「こそ」は呼び掛けの言葉で、現代語では「さん」とか「ちゃん」に当たります。

さて、垣間見というのは、現代であれば覗き見、ということになりますが、すくなくとも平安時代においては犯罪行為のような悪いことではありませんでした。女性が屋敷に籠っていたのですから、男女が出逢える場というのは限られていて、この垣間見が、男が女を見つける機会になっていたのです。

その垣間見をするのに、「をのこども過しやりて」というのは、垣間見は悪いことではないとはいえ、かと言って大っぴらにできることでもないので、大人数で垣間見していて目立ってしまうのはけっして格好良いことではありません。ですから、少将は「をのこども」をそのまま先に行かせて、一人で垣間見をしているのです。

この当時の貴族男性、殊に上流貴族であれば、一人で歩いているということはまずありません。必ず供人が一緒に行動しています。いるのが当たり前なので、物語などにはそれが明示的に描かれないことが多いのですけれども、一人でいるように書かれていても、実際には少なくとも数人で行動しているのがふつうです。ですから、ほかの作品にも、供人を遠避けて垣間見するのが描かれることがあります。

『源氏物語』「若紫」巻で、病気になって加持をしてもらいに北山に行った光源氏が、僧房で女性を見掛けて垣間見をする場面です。

日もいと長きに、つれづれなれば、夕暮のいたう霞みたるに紛れて、かの小柴垣の許に立ち出でたまふ。人々は帰したまひて、惟光の朝臣と覗きたまへば、ただこの西面にしも、持仏据ゑたてまつりて行なふ、尼なりけり。

供人たちは目立たないように帰してしまって、惟光という腹心の部下だけを連れて垣間見をしたということです。北山にいる間、大勢の供人たちを京の源氏の自邸に帰した、ということなのですが、これも、大人数で人目に付くことを避けて、最低限の人数に絞っているわけです。

惟光は光源氏の乳母《めのと》の子供——乳母子と言います——で、光源氏の家来ではあるのですけれども、その他の供人たちとは別格の存在で、物語の中でも特別に重要な役割を果しています。光源氏にとっては最も信頼できる無二の部下で、ほかの誰にも言えないようなことも、何から何まで頼むことのできる存在なのです。『源氏物語』以外の物語でも乳母子は活躍していて、

『落窪物語』の主人公である少将道頼の乳母子には帯刀《たちわき》という人物が、今見ている「花桜折る少将」の少将には光季という人物がいて、主人公を陰に陽に支える働きをしています。もっとも、「花桜折る少将」は、先ほども書いたように主人公少将の紹介も行なわれていないくらいですから、作品の中に光季が乳母子であると書かれているわけではありませんけれども、物語の中での活躍具合が惟光や帯刀とぴったり重なることから類推して、少将の乳母子であったと考えるのが一般的です。

「花桜折る少将」の場面に戻ります。その屋敷では、物詣《ものもうで》に出掛けるための準備にいそしんでいました。物詣というのは、神社や寺院——この場面では神社です——にお参りに行くことを言います。お参りに行くのは宗教的な行動ではあるのですが、この時代の人々、特に女性にとっては、外出することはそう気軽にできませんでしたから、お参りに行くというのは半分以上は口実で、ちょっとしたレジャーでもありました。それで、普段なら皆が寝静まっている「夜深」い時間帯に、屋敷の女性たちがいそいそと立ち働いていたわけです。男が女の家を出たのが〇時だとしたら、そこからこの垣間見をした屋敷まで歩いて多少時間が経っていたとしてもさすがに早過ぎで、まだ物詣の準備は始まっていなかったでしょう。

　また、その屋敷に仕えている少納言の君という女房に対して、周りの女房が「明けや、しぬらむ」と尋ねています。「出でて、見たまへ」というのは、現代語で言えば「出てごらん」ではなくて、「出て、見てごらん」に当たります。古代語の接続助詞「て」は、現代語のそれと比べて前後の語を接続する機能が強いので、「て」の前の語と後の語とが、別々の動作を表わすことになるからです。「明け」たかどうかを確かめるために建物の外に出て何を見るのかと言えば、恐らく月で、月の高さから、「明け」たかどうかを確かめるのでしょう。満月に近い時分ですから、四五度程度の高さにあれば「明け」る頃になっているということです。

「明く」というと、夜が明ける、日の出の時刻になるような印象を受けるかもしれませんけれども、先ほども書いた通り、「明け」る時分にはまだ真っ暗なのです。そもそも「明く」が日の出だとしたら、わざわざ外に出て見るまでもなく判るはずで、まだ暗い時間帯に、そろそろ「明け」たかと思って外に出て、月を見て確かめようとしたわけです。これも、出発が待ち遠しくて仕方がない、うきうきした雰囲気の感じられるところです。

　屋敷の人たちはこれからお参りに行く準備をしているわけですが、全員が出掛けるわけではなかったようです。

ありつるわらはは、とまるなるべし。「わびしくこそ、思ゆれ。さはれ、ただ御供に参りて、近からむところにゐて、御社へは参らじ」など、言へば、「ものぐるほしや」など、言ふ。

屋敷に残されることになったらしい「わらは」が、神社にはお参りしないから物詣に連れて行ってくれ、と言っているのですが、それに対して周りの人たちが「ものぐるほしや」と言っています。「ものぐるほし」を古語辞典で引くと、多くの場合、正気を失っている、とか、異常だ、というような意味が載せられていますけれども、実際の用例を調査してみると、そんなに強い意味はなくて、もっと軽いニュアンスの言葉だったようです。(註二) この場面の「わらは」は、理屈に合わない駄々をこねているとは言えるのですが、滅多にあるわけではない折角の外出の機会がふいになってしまう残念な思いは周りの人たちも十分に理解できるのでしょうから、ここは「正気を失っているね」というような、強い調子で非難したりあきれ返ったりしての言葉と考えるよりも、「おバカさんね」と軽く窘《たしな》めている言葉だと考える方が妥当でしょう。

なお、「わらは」は漢字を宛てれば「童」になりますけれども、これは身分の低い人物を指して言う言葉で、かならずしも子供であるわけではありません。「わらは」が物詣に連れて行ってもらえないのは生理による血の穢れのために神域に立ち入れないからとするのが通説ですし、ここは子供でもないのに子供じみたことを言っていることに対して「ものぐるほし」と言っているのだろうと思います。

さて、少将は、ひとしきり垣間見をして、屋敷の女性たちが出掛ける時分に、「やうやう明くれば、帰りたまひぬ」と、自分の屋敷に戻ります。夜が「明く」時刻に女の家——ここは通っている女の家ではありませんが——を出て家に帰る、というのは通常の行動です。このあたりの一連の場面の経緯を考え合せても、少将が「夜深く」女の家を出たのが二時を過ぎて、三時まではまだ間がある辺りの時刻だろう、ということは、おおよそ想像ができるわけです。

早く出て来てしまったのが僅か一時間程度なのなら、「思ふらむところいとほし」などと気に掛けるほどのことでもないのではないか、と思うかもしれません。けれども、この当時の女性としては、男が通って来るのは毎日ではなく、次にいつ来るかも定かではない状況で、一分一秒でも長くいて欲しいというのが心情でしょう。一時間といえども、男性が普段より早く帰ってしまったというのは、女性の側からすれば深刻な問題だったはずです。男としても、可能な限り長く留まっているのが愛情を示すことになるのですから、この一時間は、されど一時間、なのです。

ところで、最初に引用した部分に、「小家などに、例音なふものも聞こえず」というところがありました。「例」というのは、いつもなら、ということで、普段家に帰る時刻――「明けた後」――なら聞こえる物音などが、時間が早いために聞こえない、ということです。

では、普段ならどんな音が聞こえるのでしょうか。

八月十五夜、隈なき月影、隙多かる板屋、残りなく漏り来て、見ならひたまはぬ住ひのさまもめづらしきに、暁近くなりにけるなるべし、隣の家いへ、あやしき賤《しず》の男《を》の声ごゑ、目、覚して、「あはれ、いと寒しや。今年こそ、なりはひにも頼むところ少なく、田舎の通ひも思ひかけねば、いと心細けれ。北殿こそ、聞きたまふや」など、言ひかはすも聞こゆ。……ごほごほと、鳴る神よりもおどろおどろしく踏みとどろかす碓《からうす》の音も、枕上と聞こゆる、あな耳かしがまし、と、これにぞ、おぼさる。……白妙の衣打つ砧《きぬた》の音も、かすかにこなたかなた聞きわたされ、空飛ぶ雁の声、取り集めて、忍びがたきこと、多かり。

（『源氏物語』「夕顔」巻）

これは第三講の鬼の話の時に触れた、光源氏が夕顔という女性の屋敷に泊った場面なのですが、その屋敷は源氏が普段暮していているような大きな屋敷とは違ってとても小さいので、いろいろな物音がすぐ近くで聞こえる、という設定です。普段ならそういう物音は聞こえないか、もっと小さくしか聞こえないので、「鳴る神（＝雷）よりおどろおどろし」などというような、光源氏の観点からのかなりデフォルメされた表現が見られます。

「暁」という言葉は「明く時」から来ていて、三時以降の時刻を言うようです。ここでは「暁近くな」ったようだ、というのですから、三時少し前、ということです。その時刻になると皆起き出してその日の活動の準備を始めるので、周囲の屋敷から「賤の男」たちの声が聞こえて来ます。そのほか、「碓の音」「砧の音」などと書かれています。碓は足踏み式の臼で、かなり大きなものですから、大きな音がするわけです。砧は衣服を叩いてつやを出すための道具で、その日着る着物を整えているのでしょう。もちろんこの当時の貴族が自分で着るものの準備をすることはありませんから、砧を打っているのは、その家に仕えている人がご主人のために、ということになります。

「花桜折る少将」の「例音なふもの」というのは、こういう具体的な物音を指しています。少将も、いつもなら「明け」てから女の家を出て来るので、帰り途でこういった物音が聞こえていたはずですが、それがこの日は、「夜深く起き」てしまったので聞こえない、普段の女の屋敷からの帰途とは違った光景なのです。深夜、早朝でもコンビニやファストフード店が開いている現代では想像しにくいのですけれども、当時の読者なら、物音一つ聞こえない物寂しい情景を思い浮べることができたはずです。

さて、何も考えずに一通り読んだ時と比べてどうでしょうか。その時には気づかなかった情報が、かなり追加されているだろうと思います。当時の読者は、詳しく調べたり深く考えたりしなくても、最低限これくらいのことを本文から読み取っていたのです。もちろんまだまだ現代のわれわれには読み取れていないことも多くあるだろうと思います。ですから、文字として書かれていることの意味が判れば、現代語訳ができさえすれば古典の作品を読んだことになる、とは言えないのです。

最後にもう一つ付け加えると、少将は、「立ち帰らむも遠きほどなれば」という理由で出て来た女の許に戻ろうとはしません。時間を間違えて飛び出したなどというのは格好良いことではありませんから、「立ち帰ら」ないのは当然なのかもしれませんけれども、そこにわざわざ道程の遠さを理由としてあげているところには、言い訳のニュアンスが濃厚に感じられます。

そもそも、月の光がどんなに明るかったとしても太陽の光とは質が違いますから、女の屋敷から外に出た瞬間に、太陽の光ではないことは判ったはずです。それでもそのまま屋敷を出て来て、「遠きほど」になってから漸く女のことを「いとほし」と思うことからすれば、女に対する愛情が薄れて来ているのは間違いないでしょう。このあたりは、地の文――作者の言葉――として書かれているところですけれども、登場人物少将に非常に近い視点で書かれていて、作者が少将の心情を代弁していると見て大過ないと思います。ですので、「引用した部分から読み取れること」として、女に対する男の愛情の衰えを追加することができます。

註一　小松光三「「夜深し」考」（『愛文』第一九号、愛媛大学法文学部国語国文研究会、一九八三年七月）。吉海直人『『源氏物語』「夜深し」考―後朝の時間帯として―」（『古代文学研究　第二次』第一九号、古代文学研究会、二〇一〇年一〇月）。

註二　小林賢章『「暁」の謎を解く　平安人の時間表現』（角川学芸出版／角川選書五二一、二〇一三年三月）。以下、「明く」や「暁」の時刻については、同書の見解を踏襲していますが、著者なりに検証しながら利用しているのは言うまでもありません。

註三　小松英雄『徒然草抜書―表現解析の方法―』（講談社／講談社学術文庫九四七、一九九〇年一一月。第一章「つれ〴〵なるまゝに」）。

［応用問題②］

四時間の空白

『伊勢物語』第四段に、月の入の時刻が問題になるところがあります。この段の全文を引用しましょう。

昔、東《ひむがし》の五条に、大后の宮おはしましける、西の対に、住む人ありけり。それを、本意にはあらで心ざし深かりける人、行きとぶらひけるを、正月《むつき》の十日ばかりのほどに、ほかに隠れにけり。ありどころは聞けど、人の行き通ふべきところにもあらざりければ、なほ憂しと思ひつつなむ、ありける。又の年の正月に、梅の花盛りに、去年《こぞ》を恋ひて、行きて、立ちて見、ゐて見、見れど、去年に似るべくもあらず。うち泣きて、あばらなる板敷に、月の傾《かたぶ》くまで臥せりて、去年を思ひ出でて、詠める。

月やあらぬ　春や昔の　春ならぬ　わが身一つは　元の身にして

と、詠みて、夜のほのぼのと明くるに、泣くなく帰りにけり。

通っていた女性が、「正月の十日ばかり」に別の場所に移ってしまったために逢えなくなってしまい、男がその翌年の同じ月に女のいた屋敷を訪れたという話です。「正月の十日ばかり」は、前の年に女が「ほかに隠れ」た日付ですけれども、男が「又の年の正月」に再訪したのが同じ「十日ばかり」でなかったと考える方が不自然ですから、翌年の同じ日付のことだったと考えるべきでしょう。

男は「月の傾くまで臥せりて」歌を詠んだと書かれています。だとすれば、この場面を読むうえでは、それが何時頃のことで、月がいつ沈んで、男がいつ帰って行ったのかを説明できなければなりません。それが王朝びとの常識で、誰もが同じように理解できたはずのことだからです。

それでは、まずは大雑把に見てみます。

六九頁の表を見て貰えば判りますが、一〇日の月の入は、午前二時頃に当たります。「十日ばかり」ですから、ちょうど一〇日だとは言えませんけれども、若干の誤差があったとしても、大きな支障はありません。

次に、歌を詠んだ後で「ほのぼのと明くるに、泣くなく帰」った時刻が問題になります。これは何時頃のことなのでしょうか。「ほのぼの」という言葉の意味を、古語辞典で調べてみることにしましょう。

ほのぼの【仄仄】①あけぼののうす明るいさま。「夜の―明くるに、泣く泣く帰りにけり」〈伊勢四〉
（『岩波古語辞典』岩波書店）

第一講で書いた通り、古語辞典を使う時には用例が重要ですが、ここはそのものズバリの用例ですから、この「あけぼののうす明るいさま」の意味を採用して良さそうです。強いて言えば、説明文言の中にある「あけぼの」の意味が判然としませんので、念のため、「あけぼの」を同じ辞典で見ておきます。

あけぼの【曙】夜がほのかに明けようとして次第に物の見分けられるようになる頃。

「次第に物の見分けられるようになる」というのは日の出の時刻が来て明るくなることを意味しているのでしょうから、これを併せ考えると、「ほのぼのと明く」のは、朝がやって来て明るくなる頃だということです。『伊勢物語』の注釈書を見ても、それがあまりにも自明なことだと考えているからか、「ほのぼのと明ける」という程度にしか書かれていないものがほとんどですが、朝日が昇って来る時分の状況を想定していると理解して良いだろうと思います。けれども、その理解には大きな問題があります。

本文には「月の傾くまで臥せりて、去年を思ひ出でて、詠める」とあるのですから、男は月が傾いて来た頃に歌を詠んだのです。そして、「月やあらぬ」の歌を挟んで「……と、詠みて、……泣くなく帰りにけり」とあることからすれば、歌を詠んだ後すぐに帰途に就いたと考えるのが自然です。日本語話者なら、「月の傾くまで臥せりて」や「と、詠みて」の「て」の後に大きな時間経過があったとは考えないのがふつうでしょう。

旧暦「正月の十日ばかり」は新暦二月中旬に当たりますが、この時期の日の出は、午前七時頃です。だとしたら、月の入の時刻と日の出の時刻を比較すれば、そこには五時間の時間差があることになります。月が傾いてから女の屋敷を後にするまでにそれだけの時間経過を想定するのは、あまりにも不自然です。

第三講で、月の入の時刻が大きな問題になる場合にはきちんと調べる必要があると書きました。この場面の時間の経過に疑問が出て来たわけですから、きちんと調べてみることにします。ここでは詳しいことまでは書きませんけれども、調べてみると、旧暦一月一〇日頃の月の入はもう少し遅い午前三時前後だということが判りました。それでも、先ほどよりは若干時間が縮まったものの、とは言え一時間縮まるだけで、まだ四時間の時間差が残っていますから、時間経過の不自然さはまったく解消していません。

男はその四時間の間、一体何をしていたのでしょうか。男が臥せっていたのは、「月の傾くまで」なのですから、歌を詠む前後には、臥せるのをやめているはずです。歌を詠んでから四時間の間は立っていたのでしょうか。考えれば考えるほど、おかしなことだらけです。けれども、『伊勢物語』の注釈書を見ても、歌を詠んでから「泣くなく帰」るまでに男が一体何をしていたのか、説明してくれているものは見当たりません。（註二）

ここは、二二頁に書いた「古典ならそんなことがあるのかもしれない」の好例で、近・現代の文学ならすぐにおかしいと気づけることでも、古典文学を読んでいると、おかしいとは思わずに漫然とそれを受け入れてしまうのです。王朝びとが、そんなデタラメな設定でも感動できる鈍感な感性の持ち主だった可能性もゼロではないでしょうけれども、それでは平安文学を読むこと自体、意味があるかどうか疑わしくなって来てしまいます。そういう可能性は、ほかに解釈のしようがない場合に最後に採るべきものでしょう。

文学作品をそんなに厳密に細かく読む必要はない、と言う人がいるかもしれません。けれども、もし、現代の小説に「柱時計が三つ鳴るのを寝転んだまま聞いて、日の出になって家に帰った」と書いてあったとしたらどうでしょうか。その時間経過に対して不自然さを感じるのではないでしょうか。もしそれが推理小説だったとしたら、誰もが真っ先にそこに目を付けるはずです。

柱時計を知っている現代人なら、「三つ鳴る」と書いてあるだけで、三時なのだろうと誰でも判ります。ですから、柱時計の仕組みをわざわざ調べたりすることは、余計な努力だと言えるかもしれません。そんなことをしなくても、読者にはそれが何を意味しているのかが正しく伝わっているからです。けれども、柱時計というものを知らない人、柱時計という名前なのだから柱に時計が掛かっているのだろう、という程度の認識しか持てない人であれば、柱時計とは何か、それが三つ鳴るとはどういう意味なのかを調べなければ、そこに書かれていることの意味は判りませんから、それを判る努力をしなければなりません。現代の読者は、「月の傾くまで臥せりて」や「夜のほのぼのと明くるに」から具体的なイメージを持つことは難しいかもしれませんけれども、作者は、読者が判っていることを前提にしてその場面を書いているのです。当時の読者は具体的なイメージを持っていたはずですから、現代の読者にそれが何を意味しているのかが判らないのであれば、きちんと調べてみることなしに、そこに書かれていることとを理解することはできません。
ここまでの問題点を整理すると、

・月の入が三時であることと日の出が七時であることは動かせない。
・男が歌を詠んだのは三時である蓋然性が高い。
・歌を詠んでから「ほのぼのと明くる」までに四時間の経過があったとは考えられない。

ということになるでしょう。この矛盾を解決するのには、「ほのぼのと明くる」のが七時ではない、と考えるほかはありません。

そこで、もう気づいているだろうと思いますけれども、「明く」が問題です。［応用問題①］で書いたように、この言葉は三時を表すものでした。もし、「ほのぼの」が日が出て明るくなることを意味するのだとすると、先ほども書いた通り、「月の傾く」のは三時、「ほのぼのと」は七時、「明くる」が三時ということになって、時間の逆転が発生して不自然さはより増大します。また、「ほのぼのと明くるに」という一連の言葉の中で、「ほのぼの」と「明くる」とが同じ時刻ではないと考えるのは不自然です。その不自然さを解消するためには、「ほのぼの」

も三時だと考えざるをえないでしょう。だとすれば、「ほのぼの」は日の出とは関係ないということになります。

［応用問題②］ 108

参考になりそうな例を、いくつか挙げておきましょう。

暁方に、風、少し湿りて、村雨のように降り出づ。「六条院には、離れたる屋ども、倒れたり」など、人びと、申す。「風の吹き舞ふほど、広くそこら高き心地する院に、人びと、おはします殿の辺りにこそ、繁けれ、東の町などは、人少なにて思されつらむ」と、驚きたまひて、まだほのぼのとするに参りたまふ。道のほど、横さま雨いと冷やかに吹き入る。空のけしきもすごきに、あやしくあくがれたる心地して、「何事ぞや、また、わが心に思ひ加はれるよ」と、思ひ出づれば、いと似げなきことなりけり。（『源氏物語』「野分」巻）

「暁方」は暁の時間帯の始め、三時間際の時刻を指しますが、ここには、「まだほのぼのとする」頃に、「道のほど、横さま雨いと冷やかに吹き入る」という状態だったと書かれています。到底、太陽が出て来るような状態ではありません。そこに「ほのぼのと」と書かれているので

すから、「ほのぼの」が日の出と関係のないことは明らかです。この場面の直後の部分には、

草むらはさらにも言はず、檜皮、瓦、所どころの立蔀、透垣などやうのもの、乱りがはし。日のわづかにさし出でたるに、愁へ顔なる庭の露、きらきらとして、空はいとすごく霧りわたれるに、そこはかとなく涙の落つるを、おし拭ひ隠して、……。

とあって、その時に漸く「日のわづかにさし出で」たというのです。「ほのぼのと」した時点では、まだ日は出ていなかった、ということです。

また、次の歌は、ただ漫然と読んでいると、「ほのぼの」が「あけぼののうす明るいさま」、つまり日の出の時刻だと思ってしまうかもしれませんけれども、疑問を持って読んでみれば、そうとは理解しがたいことが判ると思います。

山家ノ暁月をよめる　　　　中納言顕隆

山里の　門田の稲の　ほのぼのと　あくるもしらず　月を見るかな

（『金葉和歌集』巻第三・秋部、第二一五番歌）

この歌に対する注釈です。

山里の門田の稲の穂がほんのりと明るくなって、夜が明けていくのも知らずに月を眺めていることよ。

上二句が序詞として「ほのぼのと」を導きつつ、月の照らし出す情景をも表している。（註二）

これでは、「ほんのりと明るくなっ」た理由が月なのか太陽なのか、判然とはしませんけれども、「夜が明けていく」というのは日の出を意味するのでしょう。果たして、そんなことがあるのでしょうか。

この歌の詠者が見ているのは月です。月は空にあります。つまり、詠者は空を見ていたということです。もし誰かが、「月が美しくて見とれていたので朝になったことに気づかなかった」などと言ったりしたら、どうでしょうか。誰もが、そんな馬鹿なことはない、と思うでしょう。それは、王朝びとも同じだったはずです。

詞書に「山家ノ暁月をよめる」とありました。「暁」は［応用問題①］で書きましたけれども、三時以降の時間帯を言います。この歌の詠者は、「明く」前から月を見始めて、美しさに見とれているうちに、何時の間にか「明く」時刻――三時――を過ぎて「暁」になっていた、ということなのです。当然、空は暗いままです。

もちろん、これだけの材料で「ほのぼの」の意味を決めてしまうことはできませんけれども、何となくのイメージで「ほのぼの」が日の出だ、という先入観を取り払って実際の用例を見て行けば、そのイメージが正しくなかったことが判るはずです。(註三)

『伊勢物語』第四段で、男が歌を詠んだのは、月が傾いて来た三時頃です。「泣くなく帰」ったのはその直後の「ほのぼのと明」けた時、「ほのぼの」も「明く」も月の傾くのと同じ三時だったということです。

今考えて来たようなことは、現代人は月の出・入の時刻に対してそれほど敏感ではありませんから気にならないかもしれませんけれども、王朝びともそうだったとは言えません。月の満ち欠けを基準にして生活していた王朝びとにとっては、物語に書かれている月の出・入の時刻に大きな疑義があるようなことは、許容されるものではなかったでしょう。ですから、現代のわれわれが物語を読む時に、そのことに鈍感であってはなりません。そういうふうにきちんと場面を捉えることで、初めて文学的な考察を行なう意味が出て来るのです。

註一　注釈書ではありませんが、著者の知る限りで、この時間差を問題にしているのは、神尾暢子『王朝国語の表現映像』（新典社／新典社研究叢書七、一九八二年四月。「暦日規定の映像定着―竹取物語と伊勢物語―」）だけなのではないかと思います。ただし、この論考では、時間差があることを前提として、その時間差に意味を見出そうとしているという点で、著者の見解とは異なるのですが、結論の如何よりも、ここに問題を見出したか否か、ということがより重要です。

註二　川村晃生・柏木由夫「金葉和歌集」（『金葉和歌集　詞花和歌集』岩波書店／新日本古典文学大系九、一九八九年九月）。

註三　保科恵「勢語四段と日附規定―「ほのぼのとあくる」時刻―」（『二松学舎大学論集』第五八号、二松学舎大学、二〇一五年三月）。

第四講　地名の話

――平安文学のふるさと――

地名のイメージ

『伊勢物語』に、こういう表現があります。

昔、男ありけり。平城《なら》の京は離れ、この京は人の家、まだ定まらざりける時に、西の京に女ありけり。その女、世人にはまされりけり。（第二段）

昔、男ありけり。東の五条わたりに、いと忍びて行きけり。（第五段）

ここには「西の京」とか「東の五条」と書かれています。『伊勢物語』の注釈書を見れば、平安京の地図が掲載されているものもありますから、それぞれがどのあたりの場所を指しているのかは、簡単に判るでしょう。けれども、『伊勢物語』に書かれているのは、そういう地理的な場所を示しているだけのことではないのです。

地名は、その土地の地理的な位置を示すだけのものではなくて、ある特定のイメージを持っていることがあります。たとえば、東京で生活している人なら、住んでいる場所を尋ねた相手から「白金高輪」という答えが返って来たら、その人は超高級マンションに住んでいるお金持ちなのかもしれない、と思うのではないでしょうか。相手が自分の家庭環境を話さなかったとしても、多くの人はそういう印象を受けるでしょう。また、「歌舞伎町に飲みに行く」と聞いた時には、少々怪しげな店を想像するかもしれません。どんな店に行くのか具体的にはひと言も言っていないとしても、聞いた人は同じようなイメージを思い浮べるだろうと思います。東京以外の地域にもそういった特定のイメージを持った地名があるでしょうから、芦屋なり中洲なり、自分の知っている土地に置き換えて考えてみてください。

実際には、白金高輪にも超高級マンション以外の住宅はありますし、歌舞伎町にも怪しげではない普通の飲食店がいくらもあります。けれども、その土地々々には、その土地なりのイメージがあります。その地域を生活圏にしている人であればそういうイメージを共有していますから、言語化されていないことも含めて、発話者の意図通りに受け取ることができるのです。ですから逆に、そのイメージから外れる場合には、白金高輪だけれども小さな一軒家だとか、歌舞伎町だけれどもお洒落なフレンチ・レストランだとか言わなければならないことも起こるわけですけれども、多くの人が持っているイメージの範囲内にある限り、それを言葉に出して言う必要はないのです。

平安京の土地にも、当然ながらそういうイメージがあります。現代のわれわれが白金高輪や歌舞伎町のイメージについていちいち説明しないのと同じく、平安時代の人たちもわざわざそういうイメージを説明してくれたりはしません。平安文学の作者は平安京に住んでいる人ですし、読者も平安京に住んでいます。作品の舞台になっているのも、原則として平安京です。しかも、貴族階級に所属している人だけが、平安文学の担い手になっています。そういう限られた環境の中で生活しているわけですから、作者が知っていることは、読者も知っていることなのです。そういうことに関して詳しい説明のないのは当然で、それは、書かなくても誰もが同じように理解することができるからです。誰もが当然知っていることをわざわざ書くのは、むしろ余計な情報です。

平安京の地名

それでは、王朝びとは、平安京の地名についてどのようなイメージを持っていたのでしょうか。

平安京の様子を書いた文献に『池亭記』というものがあります。「ちていき」あるいは「ちていのき」と読まれますが、慶滋保胤《よししげのやすたね》（?〜一〇〇二）という漢学者の書いたもので、天元元年（九七八）頃の成立と考えられています。『本朝文粋』という書物に収められている、漢文で書かれた文章ですが、後の『方丈記』の先蹤になったものと考えられていて、関連作品として引用されることも多いので、比較的見やすい資料だと言えるでしょう。読みやすさを考慮して、書き下し文で引用します。

予《われ》、二十余年以来《このかた》、東西の二京を歴《あまね》く見るに、西京は人家漸く稀にして、殆《ほとほと》幽墟に幾《ちか》し。人は去ること有りて来ること無し。屋は壊《やぶ》るること有りて造ること無し。其の移徙《いし》するに処無く、賤貧に憚ること無き者は是れ居り。或は幽隠亡命を楽しみ、当に山に入り田に帰るべき者は去らず。自ら財貨を蓄へ、奔営に心有るが若き者は、一日と雖も住むことを得ず。往年一つの東閣有り。華堂朱戸、竹樹泉石、誠に是れ象外の勝地なり。主人事有りて左転し、屋舎火有りて自からに焼く。其の門客の近地に居る者数十家、相率て去りぬ。其の後主人帰ると雖も、重ねて修《つくろ》はず。子孫多しと雖も、永く住まはず。荊棘門を鎖《とざ》し、狐狸穴に安んず。夫れ此くの如きは、天の西京を亡ぼすなり、人の罪に非ざること明らかなり。

最初に、「東西二京」とあります。つまり、平安京は大きく東西に二分されるということです。まずは、そのうちの西の京について書かれていますが、そこは、「人家漸く稀」であって「殆幽墟に幾」いというのです。「一日と雖も住むことを得ず」などというのは、王朝びとの基準からすれば、まともな人間は住むことができない、とてつもなく荒れ果てたさびれた場所だ、ということです。

『源氏物語』の「夕顔」巻にも、西の京について書かれたところがあります。

「さらば、いと嬉しくなむ、はべるべき。かの西の京にて生ひ出でたまはむ、心苦しくなむ。はかばかしくあつかふ人なし、とてかしこになむ」と、聞こゆ。

光源氏が、死んだ夕顔の遺児を引き取って育てようと申し出た時の、夕顔の侍女右近の言葉で、その子がこのまま西の京で生活することは「心苦し」いと言うのです。光源氏の許に引き取ってもらえれば何より、ということで、西の京が、それだけ生活するのに適していない土地だ、ということが窺われます。

『池亭記』が書かれたのは、『伊勢物語』が成立したとされる時期よりも一〇〇年近く後、物語に書かれている「この京は、まだ人の家、定まらざりける時」からしたら二〇〇年近くも後です。その頃でさえ、西の京は「人家漸く稀」な状態だったのですから、『伊勢物語』の舞台となった時代の状況は推して知るべしです。王朝びとは、『伊勢物語』第二段の「西の京」という言葉を見た時に、自分の知っている西の京の様子を思い浮かべ、さらに、その一〇〇年前、二〇〇年前の西の京を想像したことでしょう。『伊勢物語』の解説書の中には、平安遷都直後には西の京の方が栄えていたのだというような説明がなされているものもあるのですが、残念ながらその根拠を具体的に明示しているものは見当たらないようです。

第二段では、その荒れ果てた寂しい西の京に女がいた、というのです。しかも、そこにいた女は「世人にはまさ」っていたのです。続く部分に、「その女、かたちよりは心なむ、まさりける」とあることから、美人ではなかったという説と、美人であり、かつ、それ以上に心が優れていた、とする説とがありますけれども、いずれにせよ、優れたところを持った女性だったのです。『池亭記』の記すところに従えば、西の京は「賤貧に憚ること無き者」でなければ住んでいられないような場所だったわけですが、案に相違して、そこに「世人にはまさ」った女が住んでいた、というのですから、読者は非常に意外な気持ちを持ったのに違いありません。

「この京は、まだ人の家、定まらざりける時」で、その「西の京」というふうに、畳みかけるように寂しさを強調して、人家もまばらなさびれた状態をイメージさせたうえで、そこに女を登場させます。「西の京に女ありけり」の段階で想像する女性像は、かなりマイナスの要素が強いものだったはずです。にもかかわらず、その女が「世人にはまさ」っているという、さらには、「心なむまさ」っていたという予想外の情報が付け加えられて行く、ということで、読者は、その後の展開に興味を惹かれただろうと思います。「西の京」という地名が、ただその地理的な位置を示すだけのものではないことが判るでしょう。

続いて、東の京の様子を見てみましょう。『池亭記』の続きの部分です。

東京四条以北、乾・艮の二方は、人人貴賤と無く、多く群集する所なり。高家門を比《なら》べ堂を連ね、小屋壁を隔て簷《のき》を接《つら》ぬ。東隣に火災有れば、西隣余災を免れず。南宅に盗賊有れば、北宅流矢を避り難し。南阮は貧しく北阮は富めり。富める者、未だ必ずしも徳有らず。貧しき者、亦猶し恥有り。又勢家に近くして微身を容るる者は、屋破れたりと雖も葺くことを得ず、垣壊れたりと雖も築くことを得ず。楽しみ有れど大きに口を開きて咲《わら》ふこと能はず、哀しみ有れど高く声を揚げて哭くこと能はず。

東の京は、西の京に比べて非常に繁栄しています。ただし、東の京全体が等しく栄えていたわけではなくて、そのうちの「四条以北」の地域が栄えていたと書かれています。平安京は、北から一条・二条・三条……となって、一番南が九条です。つまり、東の京の中でも北側の地域が栄えていたということです。それに比べると、南側の地域は貧しいところでした。もっとも、貧しいと言っても、西の京とは違います。極端な言い方をすると、西の京が人の住むような場所ではなかったのに対して、東の京の南北は、人の住む地域として、その中での貧富の差があるという違いです。

もちろん、白金高輪や歌舞伎町の例の時に書いたように、こういうイメージには例外があって、たとえば、藤原師輔という人物は、九条に屋敷があったことから九条右大臣と呼ばれました。師輔は藤原摂関家の中心人物で、その孫に藤原道長がいる最上流貴族です。そういう人物の屋敷が九条にあったのですが、『池亭記』に書かれている通り、東の京の四条以北には隙間もないほど人家が建ち並んでいますから、新たに大きな屋敷を造ろうとしてもその場所がありません。それで、師輔のような最上級貴族が南部地域に屋敷を構えることもあったようなのですけれども、そういう例外があることは、全体としてのイメージを損なうものではありません。

東の京の南側が貧しい地域だったということは、文学作品の記述にも現われています。

下わたりに、品賤しからぬ人の、こともかなはぬ人を、にくからず思ひて、年頃経るほどに、親しき人の許へ、行き通ひけるほどに、女を思ひかけて、みそかに通ひありきけり。

（『堤中納言物語』「掃墨《はいずみ》」）

冒頭に出て来る「下わたり」というのが、東の京の南側の地域に当たります。「下わたり」に住んでいるということで、その人物がけっして裕福な生活をしているわけではない、という印象を受けます。「こともかなはぬ人」という表現が、そのことを裏づけています。元々は「品賤しからぬ人」だったのですが、落ちぶれてさびれた土地に住むようになった、ということが判ります。似たような言葉に「下のほとり」というものもあって、東の京の南側の地域が一括されてさびれたところだというイメージを持っていたようです。(註二)

さて、このように東の京には北側と南側の違いがあるのですが、その中間に位置する地域があります。それが、五条という場所です。

六条わたりの御忍びありきの頃、内よりまかでたまふ、中宿りに、大弐の乳母のいたくわづらひて尼になりにける、訪はむとて、五条なる家、訪ねておはしたり。御車入るべき門は鎖したりければ、人して惟光召させて待たせたまひけるほど、むつかしげなる大路のさまを見渡したまへるに、この家のかたはらに、檜垣といふもの新しうして、上は半蔀四・五間ばかり上げわたして、簾などもいと白う涼しげなるに、をかしき額つきの透き影、あまた見えて覗く。

（『源氏物語』「夕顔」巻）

大弐の乳母は光源氏の乳母で、その女性が五条に住んでいます。源氏が病気見舞い――と言っても、「六条わたりの御忍びありき」の「中宿り」、つまり上京から六条に住んでいる女性の家に行く途中で立ち寄った、ということですが――で五条に行った時のことです。その際、乳母の屋敷の隣にあった風情のある屋敷を見つけたのです。五条に住んでいるのですから、けっして最上流貴族ではないけれども、「下わたり」に住むほど貧しいわけではない、というイメージを読者に与えることになります。

先ほど引いた『伊勢物語』第五段や［応用問題②］で引用した第四段にも、「東の五条」とありました。五条には、上流貴族の豪邸があっても、常時使用する空間以外は荒廃しているイメージがあったようです。(註二)裕福な四条以北ではないけれども、貧しい南側でもない中間地帯、両者のイメージが混在する地域で、そこには荒廃した邸宅があって、その中に美しい女性が住んでいる、というのが平安文学における五条という地域でした。そういう共通のイメージを前提として、王朝びとは、物語を読んでいたのです。

ところで、そういう共通のイメージは、地名以外のことにも成立します。皆さんが自宅通学の大学生であれば、朝、家を出る時に親御さんから、どこに行くのか、大学に行くと言うがどこの大学か、その大学はどこにあるのか、そこまでどうやって行くのか……などと根掘り葉掘り聞かれることはないはずです。ひと言「行って来ます」と言うだけで事足りるでしょう。けれども、家を出たところでご近所の方にあったとしたら、もう少し詳しい説明が必要になるでしょうし、さらに、駅前で数年ぶりに中学校時代の同級生に偶然会ったとしたら、さらに詳しい情報を求められるかもしれません。

家族との会話で詳しい状況を説明しなくても話が済むのは、けっして相手への興味がないからではありません。毎朝大学に行くことや、どこの大学に通っているか、それがどこにあるかなど、家族ならいちいち聞かなくても知っているからですし、出掛ける時に「行って来ます」としか言わないのも、言われた側にとってもどこに行くのかは判っているのですから、別段不親切なことではありません。

平安時代の文学が、省略が多い、と言われることがあります。それを理由に、判りにくい、論理的ではない、と言われることもあると思います。けれども、書く必要がないことを書かないのは、けっして判りにくいわけでも非論理的なわけでもありません。現代の小説に、未来の社会で火星に移住した人が読んだ場合には判りにくいところがあったとしても、それを以て作品に瑕疵があるとは言えません。大切なのは、当時の読者がどのように読んでいたかをきちんと踏まえて読む、ということでしょう。

註一　塚原鉄雄『堤中納言物語』（新潮社／新潮日本古典集成、一九八三年一月。解説「地域規定の映像喚起」）。

註二　長沼英二「京師五条の言語映像―伊勢物語と伊勢集冒頭の映像―」（『解釈』第三四巻第一二号通巻四〇五集、解釈学会、一九八八年一二月）。

第五講　本文の話

――本当にそう読めるのか――

古典の原文

現在、古典の作品を読もうと思った時には、注釈書と呼ばれる、印刷された書籍を使うのがふつうです。けれども、今のように印刷技術が発達していなかった時代には、文学作品は筆で書かれた写本で享受されていました。

『伊勢物語』の巻頭部分を、一冊の写本（蜷川智蘊筆本）の表記の通りに示します。写本に書かれている本文は、活字のテキストとはだいぶ様子が違っていますから、本当は筆で書かれたそのままの形で見るに越したことはないのですけれども、そういうものは、見慣れないと読みにくいと感じると思いますので、ここでは活字に直したもので見て行くことにします。見慣れてしまえばそれほど難しいものではありませんし、この写本には比較的安価な複写本のテキストも出版されていますから、（註一）実際にどのような文字で書かれているのか、是非各自で参照してみてください。

むかしおとこうゐかうふりして
ならの京かすかのさとにしる

よしゝてかりにいにけりその
そのさとにいとなまめいたるをんな
はらからすみけりこのおとこ
かいまみてけりおもほえすふる
さとにいとはしたなくてありけ
れはこゝちまとひにけりおとこの

筆で書かれた文字のままではないとはいえ、これでもまだ読みにくいと感じられるかもしれません。その理由はどんなところにあるでしょうか。

まずは、ほとんどの文字が仮名で書かれていて漢字があまり出て来ない、ということがあると思います。引用した部分では、「京」の文字一つだけが漢字で、残りはすべて仮名で書かれています。

次に、濁点が付けられていません。たとえば、最後の行の「こゝちまとひにけり」は「ココチマドイニケリ」ではなくて「ココチマトイニケリ」と読むところですが、「と」には濁点がありません。

さらに、句読点が施されていないので、どこでどう切ったら良いのかが判りにくい、ということがあるでしょう。

ほかに、学校で古典を勉強する時に教わった「歴史的かなづかい」で書かれていません。一行めに「おとこ」とあるのは歴史的かなづかいでは「をとこ」ですし、「うゐかうぶり」も「うひかうぶり」です。

そういう部分に加工を加えると、注釈書に見られるような古典の本文が出来上がります。

昔、男《をとこ》、初冠《うひかうぶり》して、平城《なら》の京春日《かすが》の里《さと》に、領《し》る由《よし》して狩《かり》に往《い》にけり。その里《さと》に、いとなめまいたる女同腹《をむなはらから》住みけり。この男《をとこ》、垣間見《かいまみ》てけり。思《おも》ほえず古里《ふるさと》にいとはしたなくてありければ、心地惑《ここちまど》ひにけり。男《をとこ》の

こうやって加工が加えられた結果の本文を、現代のわれわれは、古典文学として読んでいるということです。

読みやすく加工された本文があるのであれば、何も無理して写本そのものやそれに近い形の

本文で読むことはない、と思われるかもしれません。それも一理あるにはあるのですけれども、加工前と加工後ではまったく同じものではないのですから、そういう加工――「校訂」と言います――がどういう意味を持っているのか、理解しておく必要はあります。そこで、先ほど読みにくいと感じる原因としてあげたものを一つ一つ見て行くことにしましょう。

○ほとんど仮名で書かれている。

平安時代の作品は、最初にあげたものに限らず、ほとんど仮名で書かれています。その理由について、仮名で書いた方が美しいからだ、というような美的見地から説明されることもあって、そういう考え方も完全に否定することはできないかもしれませんけれども、仮名で書かれていることにはもっと積極的な意味があります。

たとえば、こういう和歌があります。

秋の野に　人まつ虫の　声すなり　我かと行きて　いざとぶらはむ

（『古今和歌集』巻第四・秋歌上、第二〇二番歌。詠み人知らず）

読みやすいようにある程度漢字を宛てましたけれども、どうしても漢字を宛てることのできないところがあります。それは、第二句の「人まつ虫の」の「まつ」です。この「人まつ虫」には「人（を）待つ」と「松虫」とが掛けられています。ここを「人待つ虫」と書いたら、人を待っているということは判りますけれども、それでは「まつ虫」が「松虫」であることは伝わりませんし、かと言って、「人松虫」などと書いたらそもそも意味が通じません。

現代的な達意のための文章であれば、言葉の意味を一意に限定することに効用がありますけれども、そうすることで、掛詞のような複線的な表現が実現できなくなります。ここにあげたのは和歌の例ですが、平安時代の仮名文章は、散文にもこういう技法が盛んに使われているので、漢字を宛てることによって表現できなくなってしまうことが、少なからずあるということです。古典の文章は、単に見た目だけの問題ではなくて、仮名で書くことに積極的な意味があるのです。

○濁点が施されていない。

先ほど考えた仮名で書かれていることとも関連するものですが、濁音で読む文字にも濁点が付けられることがありません。

次のような和歌があります。

山高み　下行く水の　下にのみ　ながれて恋ひむ　恋ひはしぬとも

（『古今和歌集』巻第十一・恋歌一、第四九四番歌）

第四句の「ながれて」は、元々濁点が打たれていない「なかれて」という表記ですけれども、ここには「ながれて（流れて）」と「なかれて（泣かれて）」が掛けられています。現代人が注釈書を作るとなると、ここを「ながれて」としたうえで、そこに「なかれて」が掛かっている、という説明をせざるをえないのですが、元々の表記としては同じ「なかれて」です。発音には「カ」と「ガ」の違いがありますけれども、掛詞は音ではなく表記によるものなので、この掛詞が成り立つのです。

古典の表現を崩さずに、現代人に判るように説明しようとしたらこれがギリギリの線でしょうけれども、濁点のない「なかれて」という表記を前提にしていれば、そんな面倒なことを考えなくてもすんなりと理解することができるのです。濁点の表記方法が確立されていなかったから不自由を忍んで濁点なしで書いていたわけではけっしてない、ということは認識しておくべきです。濁点の有無を絶対視して、「ながれて（流れて）」としてしまったら「泣かれて」の意味を読み取ることができなくなりますし、逆に「なかれて（泣かれて）」としてしまったら和歌としての意味が通じなくなってしまいます。表記に濁点がないことで、こういう掛詞が自然に実現できるのです。

仮名で書くことも濁点を使わないことも、言葉の意味を一つに限定しないことで、表現に膨らみを持たせているのです。

また、濁点の有無によって、意味が変わってしまうことがあります。

［応用問題①］で引用した「花桜折る少将」に、「をのこども過しやりて」という箇所がありました（八九頁）が、ここの写本の表記は「をのこともすこしやりて」という形です。引用文では「すこし」の「こ」に濁点を付けてそのようにしたのですが、ここに濁点を付けなければ、「をのこども少しやりて」と読むこともできます。実は、注釈書をいくつか見てみても、「少し」とするものの方が多くて、「過し」は少数派です。どちらが正しいか、多数決で決めることはできませんけれども、この箇所に限らず、活字のテキストで濁点が付けられているものを、盲目的に信じてはいけないということは理解できるでしょう。

先ほどの引用文を読んで、「少しやりて」かもしれないのに書かれている通りに「過しやりて」と読んで何の疑問も持たなかったのだとしたら、これまで読んで来た古典の文章の中にも、違う読み方が出来るかもしれないのに気づかずにそう読まされてしまっていたものが数多くあるかもしれない、ということを知るべきです。今あげた「過しやりて」と「少しやりて」であれば、それほど致命的な読みの違いは起こらないかもしれませんけれども、たまたま手に取った一冊の注釈書の校訂をそのまま受け入れてしまうことで、もしかしたらもっと決定的に違う読み方ができるかもしれないものを、見落してしまっていた可能性は、否定できないでしょう。

○句読点が施されていない。

先に引用した文の「おもほえずふるさとにいとはしたなくてありければこゝちまどひにけり」という部分に、二通りの読点を付けてみましょう。

思ほえず、古里にいとはしたなくてありければ、心地惑ひにけり。
思ほえず古里に、いとはしたなくてありければ、心地惑ひにけり。

読点の付け方によって「思ほえず」がどこに掛かるかが変わって来ます。どちらも男が女を見て「心地惑」ったことには違いがないのですけれども、前者なら、「思ほえず」「心地惑」ったのですし、後者なら、「思ほえず」「いとはしたなくてあ」ったということになります。このように、読点の付け方一つで本文の解釈が変わって来る例は、少なくないのです。句読点を付けることで読みやすくなっているために、ついそのまま読んでしまいがちになりますけれども、本当にそこに句読点を付けても良いのか、考えてみなければなりません。

ここまで書いて来たように、漢字を宛てる、句読点を打つ、というような行為には、本文の意味を取りやすくするというメリットがあるわけですけれども、かならずしもメリットばかりではなくて、デメリットもあるのです。

たとえば、「にわとりがいる」という表記に読点を付けて「にわ、とりがいる」としたり、そこにさらに漢字を宛てて「二羽、鳥がいる」としたりすれば、それが「鶏がいる」ではないことが明確になります。それをメリットだと言うことはできますけれども、逆に、「鶏がいる」という解釈が排除されるのがデメリットでないとは言い切れません。「にわとりがいる」と書かれているのが「鶏がいる」を意図しているのではないか、「二羽、鳥がいる」と「鶏がいる」

を掛け合せているとは言えないか、など、様々な解釈の可能性を考えたうえで「二羽、鳥がいる」を採るのであれば良いのですけれども、本文に漢字や句読点が施されていると、それ以外の解釈の可能性に頭が行かなくなってしまいがちで、与えられた読みをそのまま受け入れてしまいます。先ほども書いた通り、平安時代の仮名文章には複線的な構造が多く用いられるわけですが、本文を読みやすくするために仮名に漢字を宛てたり句読点を付けたりすることで、そういうものが見えにくくなることがあるのです。

ですから、注釈書のような校訂された本文で古典の作品を読む場合でも、その校訂の仕方が本当に正しいかどうかは判らない、ということを頭に入れて読む必要があります。そうやって考えながら読んだ結果が注釈書の校訂とすべて一致していたとしても、それはそれで自分で考えたこと自体に意味がありますから、けっして無駄になることはありません。

○歴史的かなづかいで書かれていない。

皆さんが学校で古典文学を勉強した時に、一緒に歴史的かなづかいというものを教わったと思います。教科書に載っている古典の文章は、一律に歴史的かなづかいで書かれていたでしょう。それでは、歴史的かなづかいというのは何でしょうか。

仮名遣の基準を、現代の発音によらず、古文献におくもの。契沖の整理に従って、普通基準を平安初期におく。

（『広辞苑　第七版』岩波書店）

この説明文の中に出て来る契沖というのは、説明するまでもないと思いますけれども、江戸時代の国学者で、『万葉代匠記』などの著述で有名な人物です。その契沖が、『和字正濫鈔』という書物で提唱したかなづかいが歴史的かなづかいと言われるものです。ごく簡単に言えば、平安時代初期の綴り方を復元したものなのですが、その綴り方は、平安時代初期の発音に則ったものでした。

「オトコ」を「をとこ」と表記するのは、平安時代初期には実際に /**wotoko**/ と発音していたからです。平安時代初期の人からすれば、「お（/o/）」と「を（/wo/）」は別の音だったので、現代のわれわれが「あ」と「わ」を難なく使い分けられるのと同じで、何も迷うことはなかったのです。

それが、時代が下るにつれて発音が変わって「お」と「を」が同じ発音になってしまうと、どう使い分けたら良いのか判りにくくなって行きます。その当時の人たちにとってみれば、音韻変化などという概念はありませんから、同じ発音をしている言葉でも昔の人は書き分けていたのだから自分たちも何とか書き分けよう、と思うわけです。それでも、昔の人がどういう基準で書き分けていたのか、正確には判らないのですから、表記が段々と乱れて行きます。表記が乱れて来て書く人によってバラバラになってしまうと、読む人によって誤解が生じて不都合なことが起こります。それで、何らかの基準になる標準的な綴り方が試みられることになるわけですが、その中の一つとして作り出されたのが歴史的かなづかいなのです。

ただし、『和字正濫鈔』が出版されたのは元禄八年（一六九五）のことで、しかもそれがたちどころに万人に受け入れられたわけでもありません。歴史的かなづかいが本格的に普及したのは明治政府が学校教育に取り入れてからなので、実際の写本を見てみても、本講の冒頭に掲げたもののように、歴史的かなづかいに則って書かれていないものがほとんどです。

それでは、歴史的かなづかい以前にはどのような書き方が主流だったのかというと、定家かなづかいと呼ばれるものでした。藤原定家が『下官集』という書物の中で、仮名の使い分けを記載したことによるもので、それを行阿という人が増補した『仮名文字遣』という書物もあります。なお、定家が行なったことは仮名の書き分けだけではなくて漢字も含めた文字の表記の工夫なので、本当は「かなづかい」と呼ぶのは正しくない面もあるのですが、ここでは一般的な呼称に従います。

本講の最初に引用した『伊勢物語』の写本も、定家かなづかいに則って書かれています。歴史的かなづかいなら「をとこ」と書くはずのものを「おとこ」と表記しているのも、定家かなづかいによるものなのですから、歴史的かなづかいと一致しないからといって、これを誤りとすることはできません。

古典の作品が歴史的かなづかいで書かれていないことで発生する問題——と言っても、それは現代のわれわれが読む時に、というだけで、当時の人が困ることはまったくなかったのかもしれませんが——があります。

一例をあげると、引用した部分に続くところに、「をいつきて」という言葉が出て来ます。これが元々あった通りの表記なのかどうかは判らないのですから、「をい」を歴史的かなづかいでどう書くのが正しいのかは何とも言えません。今ある写本の表記の通り「をい」かもしれませんし、「をひ」「おい」「おひ」かもしれません。さらに「つきて」の「つ」「き」「て」が、それぞれ「づ」「ぎ」「で」なのかもしれないこととの組み合せで、ここは解釈が分れるところです。注釈書を見比べても、「追《を》ひ付《つ》きて」「追ひ継《つ》ぎて」「老《お》い付《つ》きて」「老い付《づ》きて」など、様々な解釈がありますけれども、どう解釈するのが正しいのか、決定的な根拠はありません。定家かなづかいで「を」と書くのは「老」ではなくて「追」の方だということは言えるようなのですが、それはあくまでも定家の解釈によれば、ということに留まります。かなづかいだけでは確定できないのですから、文脈をしっかりと踏まえて、どのような解釈が妥当なのかを考えなければなりません。

○鍵括弧などの記号が施されていない。

最初に引用した『伊勢物語』の場面には該当する箇所がありませんでしたけれども、もう一つ、鍵括弧などの記号が施されていない、ということをあげておきます。

たとえば、『竹取物語』に、

中納言、くらつまろに宣はく、「燕《つばくらめ》は、いかなる時にか、子産むと知りて、人をば上ぐべき」と、宣ふ。

というところがありますけれども、写本には、会話の始まりと終りを示す鍵括弧は付けられていません。

もっとも、このような例なら、「宣はく……と、宣ふ」で、どこからどこまでが会話文なのかが容易に判るでしょうから、鍵括弧がなくても支障はないでしょうけれども、平安時代の仮名の文章はこういうものばかりではなくて、会話文と地の文の区別が判りにくい例が少なくありません。

次も『竹取物語』の例ですが、同じ箇所を二つの注釈書からあげます。


かぐや姫の言ふやう、「親のの給ことを、ひたぶるに辞び申さんことのいとをしさに」取りがたき物を、かくあさましく持て来たる事をねたく思ひ、翁は、閨のうち、しつらひなどす。（註二）

かぐや姫の言ふやう、「親のの給ふことを、ひたぶるに辞び申さん事のいとをしさに、取りがたき物を」。かくあさましくもてきたる事をねたく思ひ、翁は、閨のうち、しつらひなどす。（註三）

会話文の始まりは「言ふやう」の次から、ということで問題ありませんが、終わりについては、ここにあげた二つの注釈書で違いがあります。本文自体は同じなのですが、会話文を承ける「と」などの語がないので、そういう違いが出て来るのです。

中には、「と」の付いている注釈書もありますが、実際の写本にはそうあるわけではなくて、注釈者が私に補ったものです。

かぐや姫の言ふやう、「親ののたまふことをひたぶるに辞び申さむことのいとほしさに」と、取り難き物を、かくあさましく持て来たることをねたく思ひ、翁は、閨のうち、しつらひなどす。(註四)

実際に写本にはない「と」などを補うかどうかは別として、先の二つの注釈書も、「いとほしさに」や「取りがたきものを」の後に「と」の脱落や省略があるのではないかと考えているようです。

ほかに、この部分に脱落や省略を考えない見解もあります。「……取りがたき物を」という会話文と、「かく、あさましく持て来たる……」という地の文が、直接繋がっているという考え方です。

かぐや姫の言ふやう、「親の宣ふ事を、ひたぶるに辞びまうさむ事の、いとほしさに、取りがたき物を、」かく、あさましく持て来たる事を、ねたく思ひ、翁は、閨のうち、しつらひなどす。(註五)

いずれにしても、どこまでを鍵括弧で括って良いのか、迷うところでしょう。「と」などを補うか補わないかを含めて十分に考えないと、どういう校訂が妥当なのか、決めることはできません。

それでも、『竹取物語』には、こういう「宣はく」とか「言ふやう」というような会話の始まり方が比較的多いのですが、平安時代のそのほかの作品には、あまりそういう書かれ方がされていませんから、注釈書によって、会話文の範囲をどう捉えるのかにばらつきがあるように見受けられます。

そういう例をあげておきましょう。

人よりさきにまいり給ひて、やんごとなき御思ひなべてならず、御子たちなどもをはしませば、この御方の諫めをのみぞ猶わづらはしう心ぐるしう思ひきこえさせたまひける。(註六)

（『源氏物語』「桐壺」巻）

帝が桐壺更衣だけを特別に寵愛しているので、そのことに対して后の一人――弘徽殿の女御と呼ばれる第一夫人です――が苦言を呈するのですが、それを帝が「わづらはしう心ぐるしう」感じている、というところです。ここに掲げた校訂で特におかしいところはないと感じる人も多いでしょうし、ほとんどの注釈書にはこれと同様の校訂が施されているようなのですけれども、同じ箇所が、別の注釈書にはこうありました。

人より先にまゐり給ひて、やむごとなき御思ひ、なべてならず、御子たちなどもおはしませば、この御方の御いさめをのみぞ、なほ、「わづらはしく、心苦しう」思ひ聞えさせ給ひける。(註七)

多少の本文の違いは措くとして、大きな違いとしては、一つめの注釈書が地の文だと考えている「わづらはしう心ぐるしう」を、二つめの注釈書では鍵括弧で括っている、つまり、帝の心話文だと考えているというところでしょう。この部分は「と」などの語で承けられていませんけれども、帝が「わずらはし」「心苦し」という思いを持っているわけですから、心話文だと考えることを、一概に否定することはできません。それが、鍵括弧が付いていない状態の校訂が施された本文で読むことによって、そういう解釈の可能性に気づきにくくなってしまうということは意識しておいた方が良いでしょう。

もちろん、古典の作品を読む時にはすべて写本で行なえ、などと言うつもりはありません。活字をまったく頼りにせずにすべて写本で読むなどということは、実際にはほとんど不可能です。けれども、校訂の施された本文を無批判に読むのは、他人の読んだ作品を追体験しているようなものです。活字の本文を読む場合でも、その本文が元々の写本ではどうなっているか、ということを頭に入れながら読むのでなければならないでしょう。

本文は変化する

先ほどから書いている通り、古典の作品は写本で伝わっています。写本というのは文字通り、写した本ですから、作者の書いた原本ではなくて、それを写したもの、それをまた写したもの、さらにそれを写したもの、さらにそれをまた……という具合に伝来したものを言います。

そう書くと、そんな写本ではなくて、作者が書いた原本を読めば良いのではないか、と思う人もいるかもしれませんけれども、すくなくとも平安時代の作品に関して言えば、そういうことはできません。何故なら、作者の書いた原本が残っていないからです。それどころか、ほとんどの作品が、鎌倉時代に写されたものですら稀で、多くは室町時代以降に写されたものしか残っていません。(註八)

『土左日記』は、平安時代の文学作品としてはかなり例外的で、奇跡的に作者紀貫之の書いた自筆本がかなり後の時代まで残っていて、それを直接写した写本が現存しています。藤原定家とその子息である為家によるもので、特に為家の写したものは原本に相当忠実に書かれていると考えられる(註九)極めて貴重な資料なのですが、それにしても原本ではなく、写本だけしか残っていないことに違いはありません。

それで、古典の作品を読むのは写本で行なうことになるのですが、その写本を作る行為には、どうしても避けることのできない問題があります。

身近な例で考えてみると判りやすいでしょう。

大学で、テストの時期が迫って来ました。真面目に出席していなかった授業で、ノートもありません。そこで、友達にノートを借りて写そうと思います。ノートを写すのはテストで良い点を取るためなのですから、きちんと授業を聴いていたデキの良い学生からノートを借りて、できるだけ正確に写そうとするでしょう。それでも、元のノートと完全に同じものが出来上がるかというとそういうわけではなくて、どこかに写し間違いがあったり、脱け、漏れがあったり、同じ箇所を重複して写してしまったりして違いが出るのがふつうです。

残念ながらデキの良い学生が友達の中にいなかった場合、デキの良い学生からノートを借りて写した友達を探して、その友達が写したノートを借りて写すでしょう。けれども、そもそも借りたノートに既に写し間違いがあるのですから、そのままでは意味の通じないところがあります。その間違いを、間違ったまま写したり、正しい形を推測して写し変えたりします。その写し変えによって、元々のノートにあった通りの正しい形に復元されることもあれば、さらに違った形に変わってしまう場合もあるでしょう。それに加えて、元々正しく写されていたところにも、また新たな写し間違いが起こります。さらにそのノートを借りた学生が……、というふうに、次々に写して行くうちには、どれだけ注意して写していたとしても、最初に書かれたノートとは違ったものになっていくことは避けられないのです。

現在残されている古典の写本は、そういう経過を経て作られているものです。ノートを写すのと写本を写すのとでは違うのではないか、と思うかもしれませんけれども、どちらも人間のする行為ですから、度合いの違いこそあれ、本質的には変わりありません。写本の本文が変わって行くのには、写し間違いだけではない複雑な問題もあるのですけれども、今目の前にある本文が、元々書かれていたものとは違う可能性があること、そして、それが注釈書になる時に、先の『竹取物語』の例で「と」を補っている注釈書があったように、元々あったと考えられる形――本当にそうあったかどうかは判りません――に書き直されている可能性があることを踏まえて、古典の作品を読んで行く必要があるでしょう。

なお、先ほど書いた、文字の脱け、漏れのことを脱字・脱文と、同じ文字を重複して写してしまうことを衍字・衍文と言います。明確な決まりはないようですが、それぞれ前者が一字から数字程度の短いもの、後者がもっと長いものです。脱字や衍字は説明されなくても判ると思いますので、脱文・衍文について、簡単に説明しておきます。

『伊勢物語』の、本講の冒頭に引用したのと同じ写本に、こういう箇所があります。

そのさはにかきつはたいとおもしろくさきけりそれをくのかみにすへてたひのこゝろをよめといひけれはよめる

（第九段）

そして、これが書かれている辺りの行間に、本文より小さな文字で、「みてある人のいはくかきつはたといふいつもしを」と書かれています。これは、写しているうちに写し漏らしたところがあることに気が付いて、余白にそれを書き足したのです。つまり、元々は、

そのさはにかきつはたいとおもしろくさきけりそれをみてある人のいはくかきつはたといふいつもしをくのかみにすへてたひのこゝろをよめといひけれはよめる

とあったのを、最初に写した時に、傍線の部分を書き漏らしてしまったということです。

写本を写す時には、元の写本と今自分が写している写本とを交互に見ることになりますから、両者の間を目が往復します。また、筆で写していると墨継ぎをするために目を離すこともあります。ここは、「そのさはにかきつはたいとおもしろくさきけりそれを」まで写して来た時に、一旦目を切ってから改めて続きの部分を写す際に、少し先の部分にある「かきつはたといふい

つもしを」の「を」に目移りをして、その次の部分を写してしまったために、「みてある人のいはくかきつはたといふいつもしを」を写し漏らしてしまったのです。その後、写し漏れに気づいて補ったために、行間に小さな文字で書かれているのです。このような、写している途中を飛ばしてしまったものを「脱文」と言います。丸々一行分以上落してしまうようなケースもありますから、文の意味が著しく通じにくくなってしまう場合もあります。

また、『平仲物語』という作品に、次のような箇所があります。

いたく人につゝむ人なりければわつらはしとてをとこやみにけり　（第一三段）

又このおなしをとこともたちともあまたものしてひのくれにければわつらはしとておとこやみにけりまたこのおなしをとこともたちともあまたものしてひのくれにければかへりくるにみちのほとにあるひとのいひける　（第一四段）

「わつらはしとてをとこやみにけり」という同じ文言が、第一三段にも第一四段にもあることに気づくでしょう。さらに、第一四段の中にも、「又このおなしをとこともたちともあまたものしてひのくれにけれは」、「またこのおなしをとこともたちともあまたものしてひのくれにけれは」と、ほとんど同じ文言が、くり返し書かれています。

これは、第一四段の部分で、「又このおなしをとこともたちともあまたものしてひのくれにけれは」まで写したところで、前の段の「つゝむ人なりけれは」の「けれは」に目移りをして、元に戻ってもう一度その箇所から写してしまったのです。このような、同じ部分を重複してしまったものを「衍文」と言います。

脱文も衍文も、似たような文字、似たような語句があることによる目移りが原因になることが多くあります。『伊勢物語』の例では、書写者が自分で気づいて書き足しているので、そこに脱文があることは簡単に判りますし、もしそうでなかったとしても、『伊勢物語』の他の写本と見比べることによって、本来あるべき本文を復元することもできるだろうと思います。ただ、意味が通じにくければかならず脱文があるかと言えばそうではないので、安易に文言を補うことはできません。また、『平仲物語』の例のように、同じ文言が二度出てくれば、衍文ではないかという当たりを付けることもできるでしょうけれども、同じことが二度書いてあれば必ず衍文か、というとそうとは言い切れないので、その語句を強調する意図があるのではないか、など、いろいろと検討をすることは必要です。

なお、『平仲物語』には、現存する写本が一本しかありません。そういうものを「孤本」と言うのですが、その場合、他の写本と見比べることができませんから、意図的に同じような文言をくり返したのではなくて、誤って重複させてしまったのだということをより慎重に判断する必要があります。

さて、現在われわれが古典文学を読むうえでは、作者が書いた原本ではない写本を使うしか方法がありません。そして、それを活字にする時には多くの手が加えられます。これまで説明してきたような、本文を読みやすくする加工だったり、今書いた脱文・衍文を始めとする写本の誤りの修正だったりします。そういう結果としてできた注釈書で古典文学を読むわけですから、その本の元になっている写本が信頼できる本文なのか、それを活字にするのにどのような方針で臨んでいるのか、を見極めることが大切です。

そのために注意して欲しいのが、注釈書にある「凡例」です。一冊の『源氏物語』の注釈書（註一〇）に書かれている凡例を抜粋します。

一、本文は、青表紙本系統中の善本とされる、平安博物館所蔵の、大島雅太郎氏旧蔵本、通称大島本を底本とする。

この注釈書が、数ある『源氏物語』の写本のうち、どの写本を基にして作られているかが明記されています。そこに記されている写本が、素性も判らないようなものだったとしたら、それを元にして作られた注釈書の信憑性も疑わしくなります。注釈書を利用する場合に、最も注意すべき項目だと言っても過言ではありません。

一、底本の本文を改めなくてはならないと考えた箇所については、他の青表紙諸本、場合によっては河内本、別本の本文によって校訂して本文を立てたが、それは最小限度必要と考えられる範囲に限った。

どれほど信頼できる写本でも、一字の誤りもない完璧なものはありません。それで、それを意味が通じるように直して行くのですけれども、意味が通じにくいから、とか、文脈が少し不自然に感じられるから、というような理由で、それをすべて写し間違いだと決めつけてしまうことは、可能な限り慎まなければなりません。意味が通じないと感じるのは、誤写が原因である場合も少なくないでしょうけれども、もっと良く考えたら意味が通じるものだと判る、ということもあるかもしれないからです。それに、誤っている文言を意味が通じるように直した結果が、元々書かれていた形であったことを証明するのも、容易ではありません。ですから、写し間違いだということがかなりの確率で言えるのでない限り、本文の改訂は可能な限り避ける、というのは、極めて妥当な判断だと思います。これと同じような方針を採っている注釈書は多く見られます。

逆に、間違っていると思われる本文は積極的に改訂するという方針を採っている注釈書もあって、それはそれで一つの立場だとは思いますけれども、その結果の本文を受け入れるのには、より慎重な判断が必要でしょう。注釈書を使う際には、そういう方針に十分に留意したうえで扱わなければなりません。

一、本文を読みやすい形で提供するために、ある程度の統一のもとに、仮名に適宜漢字を宛て、仮名づかいは歴史的仮名づかいに改めた。漢字は現行の字体を用いた。また句読点、濁点をほどこし、そのほか、会話には「　」を施した。

写本にはない記号などを加えたりかなづかいを整えたりして読みやすく加工している、ということが明記されています。そのことのメリット・デメリットについては、既に述べたところです。

ここまでに書いてきたように、古典の作品を読む時には、本文自体に留意すべきことが多くあるということが判ったと思います。与えられた本文をそのまま読むのではなくて、その本文がどういうものなのか、考えながら読むことが必要です。

補足・「土左」日記のことなど

本書ではこれまで、「トサニッキ」と呼ばれる作品を、「土佐」日記ではなく「土左」日記と表記して来ました。高等学校の教科書には、まず間違いなく「土佐」と書いてあっただろうと思いますし、作品の内容からしても、前土佐守の一行が、土佐の国から京都に戻るまでの旅の日記なのだから「土佐」と書くべきで、「土左」などと書かれても何のことだか判らない、と思った人も多いでしょう。

けれども、この作品の注釈書を見ると、「土佐」とあるものばかりではなくて、「土左」となっているものも少なくありません。

先ほども書いた通り、この作品は平安時代の文学作品の中では極めて珍しく、作者紀貫之の自筆原本が、かなり後の時代まで残っていました。自筆原本を書写したうちの一人である藤原定家が、その原本の様子を詳しく書き残しているのですが、それによると、「土左日記　貫之筆」と書かれていたというのです。「貫之筆」と書いたのが貫之自身だとは考えられませんし、自筆原本には貫之以外の人の手になる書き込みが数多くあったことも判っていますから、「土左日記」と書いたのが間違いなく貫之だとは言い切れないのですけれども、作品名の書かれた最も古い資料に「土左」とあったことは間違いありません。それで、本書では「土左」の表記を使用しました。

ただし、先ほども書いたように、作品の内容から考えて「土佐」の日記の意味であること、この作品名の表記が貫之によるものなのかどうかは明らかではないこと、などから、「土佐日記」と書くべきだ、というのも一理ある見解です。これまで、教科書に出て来た作品の題名を疑おうと思ったことはないかもしれませんけれども、実は、そんな当たり前だと思っていたところにも、問題は存在しているということです。

そのほかの作品でも、『枕草子』が『枕冊子』と書かれることがあります。また、本書で

『平中物語』としているものが、『平中物語』と表記されていること多くあります。そのほかにも、『栄花物語』『栄華物語』両様の表記があったり、『和泉式部日記』に『和泉式部物語』の異称があったり……と、文学史で勉強してきた作品名ですら、かならずしも絶対的に正しいとは限らない、ということは、頭に入れておいた方が良いでしょう。

さて、作品名について説明したついでに、もう少し『土左日記』についての補足です。次に引用するのは、皆さんお馴染みの、作品の冒頭一文です。

をとこもすなる日記といふものををむなもしてみんとてするなり

藤原為家が写した『土左日記』の写本には、このように書かれています。紀貫之が書いた原本にも、同じようにあったはずです。これは、いろいろと問題のある文なのですが、今取り上げるのは、「をむなもしてみんとて」とあるところです。

［応用問題①］に、古代語の接続助詞「て」について、その前後の語が別の動作を表わすということを書きました。「してみん」の場合、「て」の前の語は「し」、後の語は「み」、つまり、

「す」と「みる」の二つの動作があるということです。「す」は行なうこと、ここで言えば日記を書くという行為です。そして、「みる」は、その書いた日記を読むということです。ですから、この「してみん」というのは、「為て見む」、つまり、書いて、読んでみよう、という意味になります。

ところが、藤原定家は、この部分を、「をむなもして心みむとて」と写しています。何故、そのようになっているのでしょうか。写本である以上、写し間違いは起こりうるのですが、「してみん」を「して心みむ」と写し間違えることは考えにくいですし、作品の冒頭から写し始めて僅か二〇文字ほどのところでそのような間違いが発生するのも腑に落ちません。（註一二）恐らく定家は、「してみん」という文言を、「為て試《み》む」つまり、書いてみよう、という意味に理解したのだと思います。それで、「してみん」という本文のままでは、「為て見む」とも読めてしまうと考えて、読者の誤解のないように、「為て試む」の意味にしか解釈のできない形に書き換えたのでしょう。定家が「してみん」を「為て試む」と読むのが正しいと判断したということですが、この定家の解釈には、先ほども書いた古代語の接続助詞「て」の機能の上から疑問があります。

作品の末尾の部分が、このことについて考えるヒントになるかもしれません。末尾には、わすれがたく、くちをしきことおほかれど、えつくさず。とまれかうまれ、とくやりてん。

とあります。つまり貫之は、冒頭で「書いて、読んでみよう」と宣言をして、書き終えてからその通りに読んでみた、というふうに、冒頭と末尾に呼応があるのです。読んでみたところ、十分に書き尽くすことができていなかった、失敗作だったということで、そのようなものはすぐに破ってしまおう、と言っているわけです。

もちろん、ここに首尾の呼応が認められるから「為て見む」の意味で取るべきだ、と考えるのは本末転倒で、接続助詞「て」の接続機能からすれば「為て見む」と取るべきで、そう読んでみたらちょうど巻末にそれと呼応している文言があった、という順で考えるのでなければなりません。

もっとも、現代のほとんどの注釈書では、ここを「為て試む」の意味で解釈して、特別に問題視していないようです。現代語の感覚としては「書いてみよう」の方が自然に感じられるのかもしれませんし、「書いて、読んでみよう」としても「書いてみよう」としても、解釈上の大きな違いが出て来ないようにも思えるからかもしれません。ただ、定家がここを「して心みむ」と写し変えたことは、逆に言えば、すくなくとも鎌倉時代の時点において、「してみん」を「為て見む」とも読むことができる、と考えていたと言うことができると思います。誰もが「為て試む」と読んで誤解する余地がないのであれば、ここをわざわざ「して心みむ」と写し変える意味がないからです。定家によって別の読み方もありうることが示唆されていると考えられるのですから、何も検討せずに「為て試む」の意味で取って当然、で済ませるべきではないでしょう。

『土左日記』の冒頭文についてもう一点。

この部分も、ほかの平安時代の作品の例と同じように、ほとんどが仮名で書かれていて、漢字で書かれているのは「日記」の二文字だけです。

この「日記」という文字を、「ニキ」と読め、と教わった人も多いのではないでしょうか。注釈書を見てみても、「にき」と仮名が振られているものが多くありますが、このことには、疑問があります。

注釈書を見ても、「ニキ」と読むのがあまりにも当たり前すぎると考えられているからか、そう読む理由について何の説明もされていないことがほとんどなのですが、平安時代の仮名文章では促音――つまる音。現代かなづかいでは「っ」で表わす――を表記しないから、ということのようです。けれども、仮名でその音を表記することができないからその音は読まない、という理屈は、少し考えればおかしいことが判ります。書けないことと発音しないこととは、まったく別の事柄だからです。

ところで、「あなり」という言葉があります。『土左日記』にも、

むかし、しばしありしところのなぐひ（註一二）にぞ、あなる。あはれ。（一月廿九日）

というような例があります。注釈書を見てみると、「「あんなる」のnの音を表記しない（註一三）」と註されているものがありました。「あなり」――ここでは連体形「あなる」――は、動詞「あり」の終止形（註一四）に助動詞「なり」の付いたものですが、平安時代の仮名文献では撥音――はねる音。「ん」で表わす――を表記しないので、「あんなり」ではなく「あなり」と表記されるのです。学校で、「あなり」と書かれているけれども「アンナリ」と「ン」を入れて読め、と教わったのではないかと思いますし、「あンなり」というような表記をして、明示的に撥音を入れて読むことを指示しているものを見たことのある人も多いでしょう。

促音は表記されていないから読むな、撥音は表記されていないけれども読め、というのは、明らかに矛盾しています。どちらも表記ができないから文字として書かれないということに違いがないのに、読む読まないの違いが出ることはまったく説明が付きません。

そもそも「日記」と漢字で書かれているのは、「ニッキ」という発音を表記することができなかったからで、「ニキ」と発音するのであれば、仮名で「にき」と書けば良かったのです。そのことは、半世紀近く前の注釈書に既に、「外来語として漢字表記されているのだから、ニッキと読むのが当然である」(註一五)と明言しているものがありますし、その後も同様の指摘をしている研究があるのですけれども、それが認知されることもなく、注釈書や教科書に反映されることがなかなかないのが実情のようです。

註一　片桐洋一編『影印本　伊勢物語』(新典社／影印本シリーズ、一九六六年一二月)。

註二　堀内秀晃「竹取物語」(『竹取物語　伊勢物語』岩波書店／新日本古典文学大系一七、一九九七年一月)。

註三　阪倉篤義「竹取物語」(『竹取物語　伊勢物語　大和物語』岩波書店／日本古典文学大系九、一九五七年一〇月)。

註四　野口元大『竹取物語』（新潮社／新潮日本古典集成、一九七九年五月）。

註五　塚原鉄雄『新修竹取物語別記補訂』（新典社／新典社研究叢書二〇二、二〇〇九年八月）。

註六　柳井滋・室伏信助・大朝雄二・鈴木日出男・藤井貞和・今西祐一郎『源氏物語　一』（岩波書店／新日本古典文学大系一九、一九九三年一月）。

註七　山岸徳平『源氏物語　一』（岩波書店／日本古典文学大系一四、一九五八年一月）。

註八　たとえば、『源氏物語』で信頼できる写本とされる青表紙本系統と呼ばれるものは、「若紫」「花散里」「行幸」「柏木」「早蕨」の五帖だけは鎌倉時代初期に藤原定家が校訂したとされる写本が残されていますけれども、後は室町時代以降のものです。つまり、『源氏物語』の成立から五〇〇〜六〇〇年後のものを読んでいるということです。

註九　池田亀鑑『古典の批判的処置に関する研究』（岩波書店、一九四一年二月）。萩谷朴「青谿書屋本『土佐日記』の極めて尠ない独自誤謬について」（『中古文学』第四一号、中古文学会、一九八八年五月）。前者は、為家自筆本が発見される前にその転写本を前提として行なわれた研究で、後者が為家自筆本発見後にその転写本の正確さを論じたものです。

註一〇　石田穣二・清水好子『源氏物語　一』（新潮社／新潮日本古典集成、一九七六年六月）。

註一一　実は定家は、このほかにも冒頭の「をとこもすなる」を「をとこもすといふ」と写しています。写し始めてから六文字めです。こういう『土左日記』の異文については、池田亀鑑『古典の批判的処置に関する研究』（岩波書店、一九四一年二月）以来、多くの研究があります。

註一二　ここにある「なくひ」の語は古来難解とされています。今、「凪ぐ日」（風のない穏やかな日）の意とする、清水義秋「藤原定家の用字と解釈と――土左日記「なくひ」の語義をめぐって――」（『平安文学研究』第六二輯、平安文学研究会、一九七九年一二月）の見解に従って「く」に濁点を付けましたが、諸説ありますので、興味のある人は諸注釈書を参照してください。

註一三　松村誠一「土佐日記」（『土佐日記　蜻蛉日記』小学館／日本古典文学全集九、一九七三年三月）。

註一四　動詞「あり」の連体形、と教わった人も多いと思いますけれども、撥音便化した「あ」を形のうえから連体形だと確定することはできませんから、これを終止形とする説もあります。上代の文献に「佐夜《さや》藝弖《ぎて》有《あり》那理《なり》」（『古事記』上巻）の例があることなどによりますが、これも通説を疑ってみる必要がある一例だと言えるでしょう。

註一五　萩谷朴『土佐日記全注釈』（角川書店／日本古典評釈全注釈叢書、一九六七年八月）。もっとも、同じ著者は、この後に刊行された『新訂土佐日記』（朝日新聞社／日本古典全書、一九六九年三月）では、「日記」に「にき」という振り仮名を施しています。この書には、昭和二五年（一九五〇）五月発行の改訂前の版の見解がそのまま踏襲されたようです。

［応用問題③］

濁点を付けるのは難しい

第五講で、写本の表記に漢字を宛てたり濁点や句読点などを付けたりする——校訂する——ことによって、注釈書に見られるような古典の本文が出来上がることを説明しました。仮名に漢字を宛てたり、句読点を施したりするのは、写本の表記を読みやすくするためにしていることですけれども、それがかならずしもメリットばかりだとは言えないということは、先に書いた通りです。

ここでは、実際に写本の表記を校訂する体験をすることによって、そのことを考えてみて欲しいと思います。

『更級日記』の一節を、写本に書かれている通りに引用します。

昔よりよしなき物かたり歌のことをのみ心にしめてよるひる思ておこなひをせましかはい

とかゝるゆめの世をは見すもやあらまし

一部漢字はあるものの、写本の表記ですから、ほとんどが仮名で書かれていますし、当然、句読点・濁点をはじめとする記号の類は一切ありません。

これに句読点・濁点などを付けよ、というテストをしたことが何度もあります。皆さんも挑戦してみてください。頭の中で、自分なりの校訂を施したうえで、注釈書でどのようになっているのかを確認してみましょう。

注釈書でどのように校訂されているのかを見てみると、次のようになっています。

昔より、よしなき物語《がたり》、歌のことをのみ心にしめで、よるひる思て、をこなひをせましかば、いとかゝる夢《ゆめ》の世をば見ずもやあらまし。(註一)

著者の見た限り、他の注釈書でも、微妙な違いはあるとしても、これとほぼ同様の校訂が行なわれています。皆さんが頭の中で施した校訂と比べてどうだったでしょうか。

この問題を課した学生の数は軽く四桁に及ぶはずですけれども、句読点はともかくとして、「正しく」濁点を付けることのできた学生は、一人もいませんでした。どこが正解できなかったのかというと、「昔よりよしなき物かたり歌のことをのみ心にしめて」の最後の「て」に濁点を付けて「で」にすることができないのです。

「物語、歌のことをのみ心にしめて」なら単純な接続――列叙接続――で、「物語、歌のことをのみ心にしめで」なら逆態接続です。前者なら「心に思いつめて」――「しむ」は漢字を宛てれば「占む」ではなくて「染む」です――、後者なら「心に思いつめないで」と、濁点を付けるか付けないかで、意味が完全に逆転してしまいます。そんな大きな解釈の違いが起こりかねないことを、すべて注釈書任せにして頼り切っていてはいけないでしょう。注釈書に書かれている通りに読むのではなくて、「しめて」とも「しめで」とも読めそうだけれども、どちらが正しいのか、と考えてみて、それが注釈書に書かれているのと同じだ、と判断できて、初めて注釈書の通りに読むということが必要です。

この作品の作者は、若い頃から物語が大好きで、周りの人が仏教のことを学ぶようにと忠告するのも聞かず、物語のことばかりを思っていたのですが、年を取ってから、若い頃に「物語、歌のことをのみ心にしめ」ていないで、仏道のことを心掛けていたら、こんな儚い一生を送らずに済んだのに、という後悔をしているところです。

ここは、「て」の前が若い頃の行動、後がその結果で、物語や歌ばかりに夢中になっていなかったらもっと幸せな人生を送れたのに、ということだと考えられるので、ほとんどの注釈書がここを逆接「で」として解釈しているわけです。

ただし、この「しめで」という校訂には、疑うべき余地がまったくないというわけではないと思います。同じ『更級日記』のもう少し前の部分に、似たような箇所があります。

夢に、いと清げなる僧の、黄なる地の袈裟着たるが来て、「法華経五巻を、とく習へ」と、言ふと見れど、人にも語らず、習はむとも思かけず、物語の事をのみ心にしめて、われはこのごろわろきぞかし、盛りにならば、かたちもかぎりなくよく、髪もいみじく長くなりなむ、光の源氏の夕顔、宇治の大将の浮舟の女君のやうにこそあらめと思ける心、まづいとはかなく、あさまし。

作者が、この場面の時点では「物語の事をのみ心にしめて」いて、夢に見た『法華経』の勉強をせよという忠告にも耳を貸さずにいた、という思い出を語っているところですから、ここが「心にしめて」であることは間違いないでしょう。

この「物語の事をのみ心にしめて」という表現は、先程来問題にしている表現と、良く似て

います。それぞれの写本の表記を比べてみると、

物かたりの事をのみ心にしめて

物かたりうたのことをのみ心にしめて

となります。このうち、前者が「心にしめて」で後者が「心にしめで」だということが、どう合理的に説明できるのでしょうか。文章をもっとしっかり後の方まで読んで行けば判るのだ、という説明は、一見もっともらしく感じられるかもしれませんけれども、後ろから前に遡って読むというのは、言葉の本質にそぐわない考え方です。

たとえば、

私は　昨日　銀座に　買い物に　行った。

という文を読む時に、当然、文を前から順番に読んで行きます。「私は」を読んだ段階で「私」の話であることを、「昨日」を読んだ段階で「昨日」の話であることを、「銀座に」を読んだ段

階で「銀座」の話であることを……というふうに、順番に受容して行きます。「私は」を読んだ段階ではまだ「買い物」の話であることは判らないわけですけれども、「私」の話だということは判るはずです。「買い物に」を読んだ段階で初めて「昨日」の話だったことが判る、とか、「行きました」を読んだ段階で初めて「銀座」の話だったことが判る、ということはありません。読んだところまでの内容を理解できるのでなければ、言葉を相手に伝達することができないからです。まだ読んでいないところは理解できないとしても、読んだところまでは、読んだ段階で理解できるものだと考えなければなりません。

「物かたりうたのことをのみ心にしめて」について言えば、「しめて」以前の段階で、「て」に濁点を付ける――逆接として理解する――要素は見当たりません。仮に、本文が次のようにあったとしたらどうでしょうか。

昔よりよしなき物かたり歌のことをのみ心にしめてよるひる思ておこなひをせさりしかはいとかゝるゆめの世をは見む

これなら、「心にしめて」は「しめて」と清音で読んで、まったく問題はありません。「よるひる思て、をこなひをせざりしかば」、つまり、「物語、歌のことをのみ心にしめて」いて、仏道のことを心掛けていなかったから、結果として儚い人生を送ることになってしまった、という述懐になって、「て」を逆接で取ることはできないのです。

つまり、「心にしめて」の「て」に濁点を付ける根拠は、それより後に書かれている「をこなひをせましかば」を待たなければ出て来ないのです。けれども、そこまで読んでからそれより前の部分に戻ってその解釈を決定しようとするのは、これまで言って来た通り、言葉の本質に反しています。

文を前から順に読んで行くという基本的な挙動をしている限り、後者の「しめて」の「て」に濁点を付けることは難しいということです。数多くの学生が誰一人濁点を付けることのできなかったという事実にも、それなりの意味があるはずです。

それで、著者はここを通説のように「心にしめで」と取るのではなく、「心にしめて」と清音で訓むべきだと考えています。(註二) ただ、何度もくり返しますが、大切なのは答えを人に聞くことではなくて、自分で考えることです。自分で考えて読んでみて、その考えが注釈書に書かれていることと一致しているかどうか、考えなければなりません。

もちろん一致していれば正解、という単純なものではありませんから、そう簡単に結論が出るものではないのですけれども、まずは自分の力で考えて本文を読んでみること、を心掛けるべきです。

もし、自分で考えた時に「心にしめて」の「て」に濁点が付けられなかったのだとしたら、注釈書に書かれているのとは違う読み方をした、ということですから、何故違う読み方をしてしまったのか、何故注釈書ではそういう読み方をしているのか、きちんと考えてみる必要があるでしょう。

註一　吉岡曠「更級日記」（『土佐日記　蜻蛉日記　紫式部日記　更級日記』岩波書店／新日本古典文学大系二四、一九八九年一一月）。

註二　保科恵「更級日記の解釈私考―古典文章の構文把握の検討資料として―」（『二松』第一〇集、二松学舎大学大学院文学研究科、一九九六年三月）。

［応用問題④］

句読点を付けるのも難しい

［応用問題③］で、写本の表記に濁点を付けることについて考えてもらいましたが、今度は句読点についてです。濁点に比べれば、句読点を付けることなど容易いと思われるでしょうか。読点を付けるか付けないかは、多分に感覚的なところもありますけれども、句点は、文が切れているところに付ければ良いのですから、そう迷うこともない、とも言えそうです。文が切れそうなところで、終止形が来ていれば句点、そうでなければ読点、というルールを頭に入れておけば、難なく句読点を付けることができると思うかもしれません。ここでは、そのより迷いそうもない句点を付ける箇所を重点に考えて行こうと思います。

それでは、次のものに句読点を付けてみてください。写本の表記そのままの形ではなく、漢字を宛てたり濁点を付けたりして、多少読みやすくしてあります。

限りあればさのみもえとどめさせたまはず御覧じだに送らぬおぼつかなさをいふかたなく思ほさるいとにほひやかにうつくしげなる人のいたう面痩せていとあはれとものを思ひし

みながらことに出でても聞こえやらずあるかなきかに消え入りつつものしたまふを御覧ずるに来し方行く末思しめされずよろづのことを泣く泣く契りのたまはすれど御いらへもえ聞こえたまはずまみなどもいとたゆげにていとどなよなよとわれかの気色にて臥したればいかさまにと思しめしまどはる

（『源氏物語』「桐壺」巻）

一冊の注釈書の校訂本文を示します。句点が付けられている箇所が判りやすいように、句点の後に注釈書にはない改行を入れました。

限りあれば、さのみもえとどめさせたまはず、御覧じだに送らぬおぼつかなさを、いふかたなく思ほさる。

いとにほひやかに、うつくしげなる人の、いたう面痩せて、いとあはれとものを思ひしみながら、言にいでても聞こえやらず、あるかなきかに消え入りつつものしたまふを御覧ずるに、来し方行く末おぼしめされず、よろづのことを、泣く泣く契りのたまはすれど、御いらへもえ聞こえたまはず、まみなどもいとたゆげにて、いとどなよなよと、我かのけしきにて臥したれば、いかさまにとおぼしめしまどはる。（註一）

自分で施した句点と比べてどうだったでしょうか。

この注釈書では、二つの文に分けられています。「いふかたなく思ほさる」の末尾の「る」は終止形ですから、この後には問題なく句点を打つことができたでしょう。でも、その前の「えとどめさせたまはず」の後に句点を打ってしまったりはしなかったでしょうか。今引いた注釈書では、「ず」の後は読点になっています。ほかにも、「聞こえやらず」「おぼしめされず」「え聞こえたまはず」の後に、同じように読点が施されています。つまり、これらを「ず」の終止形ではなく連用形と見ているのです。文法の授業で習ったと思いますけれども、「連用中止」という現象です。

もっとも、これと同じ句読点を打てなかったことで自信喪失してしまうことはありません。別の注釈書では、このようになっています。

限りあれば、さのみもえとゞめさせ給はず。

御覧じだに送らぬおぼつかなさを言ふ方なくおぼさる。

いとにほひやかにうつくしげなる人の、いたう面痩せて、いとあはれと物を思ひしみながら、言に出でても聞こえやらず、あるかなきかに消え入りつゝものし給ふを御覧ずるに、来し方行く末をおぼしめされず。よろづのことを泣く泣く契りのたまはすれど、御いらへもえ聞こえ給はず、まみなどもいとたゆげにて、いとゞなよよくと我かのけしきにて臥したれば、いかさまにとおぼしめしまどはる。(註二)

こちらの注釈書では、先の注釈書では読点になっていた「えとどめさせたまはず」「おぼしめされず」の後が句点になっています。これらの「ず」を終止形だと考えたということです。ただし、ほかの箇所、「聞こえやらず」「え聞こえ給はず」の後は、先のものと同じく読点が打たれています。それで、最初の注釈書よりも多い四文に分けられています。

両者の中間のような句点を打った注釈書もあります。

限りあれば、さのみもえ止めさせたまはず、御覧じだに送らぬおぼつかなさを、言ふ方なく思ほさる。

いとにほひかに、うつくしげなる人の、いたう面痩せて、いとあはれとものを思ひしみながら、言に出でても聞こえやらず、あるかなきかに消え入りつつ、ものしたまふを、御覧ずるに、来し方行く末思しめされず、よろづのことを、泣く泣く契りのたまはすれど、御答へもえ聞こえたまはず。まみなどもいとたゆげにて、いとどなよなよと、われかの気色にて臥したれば、いかさまにと思しめしまどはる。（註三）

「え止めさせたまはず」「思しめされず」の後が最初の注釈書と同じ読点に、反面、「聞こえたまはず」の後がほかの注釈書と違って句点になっています。それぞれの注釈書で句点の打たれているところが違っていて、何度か出て来た「ず」が終止形なのか連用形なのか、決定的な根拠はなさそうです。これらの「ず」の後を句点とするか読点とするかを、論理的、客観的に説明するのは難しいでしょうから、ここにあげた三冊の注釈書で共通して読点を打っている「聞こえやらず」の後も句点にしたとしたら、最大で六文になります。

ほかに、今見た箇所には該当するところはありませんでしたけれども、句点を打つか読点を打つかで問題になりそうなこととして、古典の動詞の大部分は四段活用だということがあげられるでしょう。四段活用では終止形と連体形は同形ですから、形で区別することが困難です。

また、終止形と連体形が別の形であっても、「連体止め」は少なくありませんから、連体形なら読点、とも一概に言うことができません。

春は、あけぼの、やうやう白くなり行く山際、少し明かりて、紫だちたる雲の、細くたなびきたる。
（『枕草子』「春はあけぼの」）

引用したように「やうやう白くなり行く山際」と読むことが多いと思いますけれども、「なり行く」は四段活用で、終止形と連体形が同じ形ですから、これを終止形と考えて、「なり行く」の下に句点を打つ可能性もないとは言い切れません。また、末尾の「たなびきたる」は連体形ですけれども、その後の文には繋がって行かないので、句点を打つのがふつうです。「春は、あけぼの」の下も、句点が良いのか読点が良いのか、何とも言い難いものがあります。

この問題には、確かな答えがなくて、窮極的には感覚ということになってしまうのかもしれませんけれども、それぞれの作品を良く読んで、文章の特徴を摑んだうえで、個々の部分の文を切る、切らないを判断して行くしかないのだろうと思います。

中には、「現代の句読点法では律し切れない」として、句点を使用せずに読点のみを使用している注釈書(註四)があったり、「書き手が切れ続きを意識せずに……書き継がれている文章に句読点を挿入」するのは「原文の構文の明らかな歪曲」だとして句読点を排除しなければならないとする鋭い意見(註五)もあります。現代の読者が古典を読む時には、どうしても句読点を付けておかないとなかなか読むことができないので、句読点を完全に排除することは難しいと思いますけれども、濁点の時にも考えたように、元々は句読点が付けられていなかった、そのことに意味があったのだ、ということを意識しておくことが必要でしょう。

なお、作品の特徴を測るために、作品ごとの文の長さを計測して、作品の特徴を明らかにしようとするような研究もあって、『源氏物語』の一文あたりの平均の文字数が五〇文字程度だと書かれているものを見たことがあります。そういう研究は、非常に客観的なもののように感じられるかもしれませんけれども、見て来たように、句点の打ち方次第で文の数も変わってしまうのですから、どういう校訂本文で文の数を数えるかによって、結論が大きく変わってしまう可能性があることには考慮が必要です。

先ほど引用した『源氏物語』「桐壺」巻の部分の文字数は、漢字の宛て方などによって違いは出ますけれども、おおよそ二〇〇字ちょっとです。これが二文に分けられるのなら一文当たりの文字数は一〇〇字ほど、三文なら七〇文字ほど、四文なら五〇字ほど、仮に六文なら三五字ほどになります。一〇〇字と三五字では大違いで、句点の打ち方一つでそれだけ大幅な違いが出てしまうのですから、一見極めて客観的に思われるような計量的な調査を行なうのにも、一文一文に対するきちんとした理解が必要だということです。どのような句読点を付けるか、ということは、単なる読み方の補助的な作業に留まるものではなくて、作品の根本的な読みの問題に繋がる重要なことなのです。

もう一つ、次のものに句読点を付けてみましょう。

若き人びとはおぢまどひければをのわらはのものおぢせずいふかひなきをめしよせてはこの虫どもを取らせ名を問ひ聞きいまあたらしきには名をつけてけうじたまふ

（『堤中納言物語』「虫愛づる姫君」）

二つの注釈書の校訂をあげておきます。

若き人々はおぢまどひければ、男のわらはの、ものおぢせず、いふかひなきを召し寄せて、箱の虫どもを取らせ、名を問ひ聞き、いま新しきには名をつけて、興じたまふ。(註六)

若き人びとは、怖ぢ惑ひければ、男の童のものおぢせずいふかひなきを、召し寄せては、この虫どもを取らせ、名を問ひ聞き、いま新しきには、名をつけて興じたまふ。(註七)

ここで問題になるのは、「めしよせてはこのむしともを」の部分です。ここを、「めしよせて、はこのむしともを」とするか、「めしよせては、このむしともを」とするかによって、意味が変わって来ます。前者なら、虫を箱に入れていた、ということですし、後者では、そういう限定が付けられていません。虫を飼うのに、いずれ何かに入れているのでしょうから、それが箱でないとは言えませんけれども、箱に入れていたとも書かれてはいません。これも、この部分だけを見て、簡単にどちらが正しいかを決めることはできません。

これらのことから言えるのは、先の例も後の例も、たまたま手にした一冊の注釈書に書かれている通りに読んだだけで、その作品を読んだことになるわけではない、ということです。文学的な鑑賞をするうえでも、計量的な調査をするうえでも、まずは作品の本文をきちんと読むことが必要だということを忘れてはいけません。

註一　石田穣二・清水好子『源氏物語　一』（新潮社／新潮日本古典集成、一九七六年六月）。
註二　柳井滋・室伏信助・大朝雄二・鈴木日出男・藤井貞和・今西祐一郎『源氏物語　一』（岩波書店／新日本古典文学大系一九、一九九三年一月）。
註三　阿部秋生・秋山虔・今井源衛『源氏物語　一』（小学館／日本古典文学全集一二、一九七〇年一一月）。
註四　玉上琢彌『源氏物語評釈　第一巻』（角川書店、一九六三年一〇月。「凡例」）。
註五　小松英雄『仮名文の構文原理』（笠間書院、一九九七年二月。第6章「仮名文の構文原理」）。
註六　池田利夫『堤中納言物語』（笠間書院／笠間文庫原文&現代語訳シリーズ、二〇〇六年九月）。
註七　塚原鉄雄『堤中納言物語』（新潮社／新潮日本古典集成、一九八三年一月）。

補講　古典だけに留まらないこと

――本文をしっかりと読む――

再び、月の満ち欠け

高等学校の授業でも、大学のカリキュラムでも、国語・国文学と言えばどうしても古典と近・現代とに分けられます。そのこと自体は、それなりの妥当性と効用とがあるとは思いますが、近・現代の文学を読む時に、古典の知識や方法を、まったく切り離してしまっても良いのかと言えば、かならずしもそうとは言えません。古典と近・現代とでは、確かに違いはあるでしょうけれども、まったく無縁のものではないからです。

古典の文学では、言葉の意味が判らないことが多いので、どうしても一語一語について細かく見て行くことが多くありますけれども、近・現代の文学では、言葉自体の意味は難なく判りますから、一字一句を突き詰める必要はあまり感じないかもしれません。けれども、古典文学も近・現代文学も、どちらも日本語で書かれているのですから、本質的な違いはありません。古典文学は一字一句を辿るもので近・現代文学は全体を俯瞰するものだなどと単純に考えることは、当然のことながらできないのです。

そこで、本書で古典の文学に対してこれまでに述べて来たことが、近・現代の文学にも関わりがあることを述べておきます。

芥川龍之介に『偸盗』という作品があります。この作品には、月の描写が多く見られます。盗賊一味が羅生門に集結しようとする時分の描写です。

更けやすい夏の夜は、早くも亥の上刻に迫つて来た。――月はまだ上らない。見渡す限り、重苦しい暗の中に、声もなく眠つてゐる京の町は、加茂川の水面がかすかな星の光をうけて、ほのかに白く光つてゐるばかり、大路小路の辻々にも、今は漸く灯影が絶えて、内裏と云ひ、芒原と云ひ、町家と云ひ、悉、静かな夜空の下に、色も形も朧げな、たゞ広い平面を、唯、際限もなく拡げてゐる。それが又、右京左京の区別なく、何処も森閑と音を絶つて、たまに耳にはいるのは、すじかひに声を飛ばす時鳥の外に、何もない。（六）

「亥の上刻」は亥の刻――二三時を中心とする二時間――の前半、二二時台を指しますが、ここは「亥の上刻に迫つて来た」というのですから、二二時になる直前のこと、ということです。その時刻に「月はまだ上らない」という表現によって、月齢のおおよその見当を付けることができて、二〇日頃の月だと想定することができるでしょう。

続いて、一味が襲撃に向った後、阿濃という女が一人、羅生門で盗賊たちの帰りを待っている場面です。


しかしその間も阿濃だけは、安らかな微笑を浮べながら、羅生門の楼上に佇んで、遠くの月の出を眺めてゐる。東山の上が、うす明く青んだ中に、旱《ひでり》に痩せた月は、徐にさみしく、中空に上つて行く。それにつれて、加茂川にかかつてゐる橋が、その白々とした水光りの上に、何時か暗く浮上つて来た。（七）

「旱に痩せた月」というのは、満月の状態と比べて少し細くなっている、ということでしょうから、先ほど想定した通り二〇日頃、満月を少し過ぎて、まだそれほど大きくは欠けてはいない、明るい月の出ている時分だということが判ります。盗賊たちの戦闘が描かれている場面でも、月が煌々と辺りを照らしています。その月が出たというのですから、二二時を過ぎたということです。

その後、襲撃に失敗した一味の生き残りが羅生門に帰って来るのですが、その場面には、羅生門の夜は、まだ明けない。下から見ると、つめたく露を置いた甍や、丹塗りの剝げた欄干に、傾きかゝつた月の光が、いざよひながら、残つてゐる。（八）

と書かれています。夏の暑い時分、何月なのかは作品中に明記されてはいませんけれども、仮に旧暦六月、新暦七月下旬頃だとすれば、日の出は五時前後、一方、二〇日の月は、四時頃に南天します。月が「傾きかゝつ」ているのですから、四時を過ぎて、まだ五時にはならない時刻だ、ということです。芥川は古典に非常に造詣が深かった作家ですから、そこまできちんと計算をして書いていたのだろうと思います。

もう一つ、次に引用するのは谷崎潤一郎の『蘆刈』です。

やまざきまでなら汽車で行つてもすぐだけれども阪急で行つて新京阪にのりかへればなほ訳はない。それにちやうどその日は十五夜にあたつてゐたのでかへりに淀川べりの月を見るのも一興である。さうおもひつくとをんなこどもをさそふやうな場所がらでもないからひとりでゆくさきも告げずに出かけた。

主人公「わたし」が、「十五夜」の月を見ようと思い立って山崎というところに行きます。その辺りにある男山八幡（石清水八幡宮）などを見て、だいぶ時間も経って暗くなって来た時分の場面です。

そしていつのまにかあたりに黄昏が迫つてゐるのにこゝろづいて時計を取り出してみたときはもう六時になつてゐた。ひるまのうちは歩くとじつとり汗ばむほどの暖かさであつたが日が落ちるとさすがに秋のゆふぐれらしい肌寒い風が身にしみる。わたしは俄かに空腹をおぼえ、月の出を待つあひだに何処かで夕餉をしたゝめておく必要があることを思つて程なく堤の上を街道の方へ引き返した。

月齢一五日であれば、一八時が月の出のはずですけれども、今や月が昇ろうとするちょうどその時刻から、月の出を待つ間に食事をしようというのです。これは、谷崎が月の出の時刻に無神経だったということなのかというともちろんそうではなくて、「わたし」がいる場所が関わっています。

それに、こゝから南の方にあたつて恐らく此の神社のうしろ数丁ぐらゐのところには淀川がながれてゐる筈ではないか。そのながれはいま見えないけれどもむかうぎしの男山八幡のこんもりした峰があひだに大河をさしはさんでゐるやうでもなくつい眉の上へ落ちかゝるやうに迫つてゐる。わたしは眼をあげてその石清水の山かげを仰ぎ、それとさしむかひに神社の北の方にそびえてゐる天王山のいたゞきをのぞんだ。かいだうを歩いてゐるときは気が付かなかつたが此処へ来てから四方をながめると、わたしは今南北の山が屏風のやうに空をかぎつてゐる谷あいの鍋の底のやうな地点に立つてゐる。

「わたし」のいる場所は、かなり狭隘な、「そびえてゐる」山に周囲を囲まれているような場所なので、一八時になっても月が山から顔を出すのにはまだ間があるということです。どのくらい時間があるのか、正確なところは判りませんけれども、この後の場面に、饂飩屋で「酒を二合ばかり飲み狐うどんを二杯たべ」たと書かれていますから、小一時間かもう少し待ったということなのかもしれません。

こういう例を見ても、近・現代の文学でも、作家たちが何も考えずに月を無造作に描いているわけではない、ということが判るでしょう。月の出や月の入は、現代の生活の中ではそれほど身近に感じられるものではないかもしれませんけれども、そういう知識を持って、場面をきちんと理解することによって、作品をより面白く読むことができるのです。

再び、本文は変化する

夏目漱石の『坊っちゃん』の文章に手を入れて、現代の子供たちに読みやすくしようとしたものがあります。(註二)その一部を引用します。『坊っちゃん』の話の筋など誰でも知っていると思いますから、詳しくは書きませんけれども、坊っちゃんが、赤シャツとマドンナが逢引しているところを偶然見つけた場面です。

　だんだん歩いていくと、おれのほうが早足のようで、二つの影が、次第に大きくなった。一人は女らしい。おれの足音を聞きつけて、二十メートルぐらいに迫ったとき、男がいきなり振りむいた。月は後ろからさしている。

だから、顔は見えないが、おれは男のようすを見て、「はてな?」と思った。

男と女はまた元のとおりに歩きだした。

おれは考えがあるから、急に全速力で追っかけた。

（第六章5）


その後、すぐに二人に追いついた坊っちゃんは、次のような行動を取ります。


おれは苦もなく後ろから追いついて、男の袖の横をすりぬけると同時に、二歩前へ出した足のかかとをぐるりとまわして、男の顔をのぞきこんだ。

月は正面から、おれの坊主頭からあごのあたりまで、遠慮もなく照らす。

（同）


ここに、何かおかしなところはないでしょうか。

坊っちゃんと前を行く二人——もちろん赤シャツとマドンナです——は同じ方向に向っています。「月は後ろからさしている」のですから、二人を追い抜いて振り返った坊っちゃんが「月は正面から、おれの坊主頭からあごのあたりまで、遠慮なく照らす」という状態になったのは当然です。けれども、その前に「いきなり振りむいた」男の場合は、月が後ろからさしていることが原因で、「顔は見えない」というのです。同じく月が照っている方向を向いた二人のうち、坊っちゃんは顔が月に照らされて、赤シャツの顔はそうはなっていないということで、これは明らかに矛盾しています。この「だから顔は見えないが」が、「だから（赤シャツにはおれの）顔は見えないが」の意味なのかとも疑ってみたりはしたのですが、それでは「おれは男のようすを見て、「はてな？」と思った」との繋がりがあまりにも唐突過ぎますから、さすがにそこまで稚拙な書き方はしないでしょう。

これを読んで、漱石ほどの文豪でも、おかしなことを書くこともあるものだ、と思った人もいるかもしれませんが、これについてあれこれ憶測するのはこのくらいにして、元々の『坊っちゃん』の本文を見てみることにしましょう。

段々歩いて行くと、おれの方が早足だと見えて、二つの影法師が、次第に大きくなる。一人は女らしい。おれの足音を聞きつけて、十間位の距離に逼った時、男が忽ち振り向いた。月は後からさして居る。其時おれは男の様子を見て、はてなと思つた。男と女は又元の通りにあるき出した。おれは考があるから、急に全速力で追っ懸けた。（七）

おれは苦もなく後ろから追ひ付いて、男の袖を擦り抜けざま、二足前へ出した踵《くびす》をぐる

りと返して男の顔を覗き込んだ。月は正面からおれの五分刈の頭から頣《あご》の辺り迄、会釈もなく照らす。　（同）

これなら、どこにも不思議なところはありません。「だから顔は見えないが」などとはそもそも書かれていなかったのです。そこに「だから顔は見えないが」と書き加えたのは、もしかしたら、赤シャツが後ろを振り返ったのに、坊っちゃんが男の顔ではなく「ようす」を見ただけで、結果「はてな」としか思わなかったことを合理的に説明しようと考えた、子供に判りやすいようにという配慮だったのかもしれません。前を歩いている男が振り返ったのに、それが赤シャツだということに坊っちゃんが気づかなかったのは、男の顔が見えなかったからだ、ということでしょうか。

けれども、坊っちゃんが本当に「はてな」としか思わなかったのだとしたら――前を行くのが赤シャツたちだと気づいていなかったのだとしたら――、その後の坊っちゃんの行動はかなり異常で、誰だか判らない赤の他人を追いかけて、追い抜きざまに顔を覗き込んだことになってしまいます。この「はてな」には、前を行く二人が誰なのかに気づいたという意味合いが含まれているはずです。ですから、そういう子供たちへの気遣い、思いやりは無用のものだったわけですけれども、こういう事例から、作品の本文を改竄しようという悪意がまったくなかった――むしろ善意があった――としても、それが誤ったものに書き換えられてしまうことがある、という教訓を得ることができるでしょう。

古典の本文を読む時にも、こういう事例を他山の石としなければなりません。『坊っちゃん』には漱石の自筆原稿も残されていますし、初出の雑誌や初収の単行本の存在も判っています。ですから、そういうものを根拠資料に、漱石が「だから顔は見えないが」とは書かなかったことが確かめられます。けれども、自筆原稿や初出や初収の文献が残っていなかったとしたら、「だから顔は見えないが」と追加された本文しか残されていなかったとしたら、漱石が本当に書いた本文がどんなものだったのかは、十分な検討を経たうえでなければ、確実なことを言うことができません。

今あげた例は子供向けの書籍だからで、古典文学でそんなバカなことが起こるはずがない、と思うかもしれませんけれども、一概にそうとばかりは言い切れません。

田中大秀という江戸時代の国学者が書いた『竹取物語』の注釈書に、『竹取翁物語解』（以下、『解』と呼びます）という書物があります。大秀は、これ以外にも数多くの注釈を残していて、その著述は現在の古典文学研究にも、大きな影響を与えています。その『解』に、次のようなところがあります。かぐや姫から龍の首の玉を取って来るように要求された大伴の大納言が、家来たちに玉を取りに行かせて結婚の準備をしている場面です。

もとのめどもはみなおひはらひて、かぐや姫を必《かならず》あはむまうけして、独《ひとり》あかしくらしたまふ。

大納言は元からの妻たちを追い払って、かぐや姫とかならず結婚しようと思って、一人で暮している、ということです。『解』には、「もとのめどもは」の注として、

さて此下必詞脱て文言つゞかず故《かれ》▲みなおひはらひて」と云こと今補つ。

と書かれています。『竹取物語』の元々の本文は「もとのめどもはかぐや姫を必あはむまうけして」なのですが、それでは意味が通じないのでここに脱文があると考えて、大秀が「みなおひはらひて」を補った、つまり、元々の写本には「みなおひはらひて」という文言はなかった、

ということです。現代の注釈書を見ても、「もとのめどもは」の次に「さりて」などの語句が脱《ぬ》けたものと見做して解釈しているものがあります。補っている語句こそ違いますけれども、脱字・脱文があると考えること自体、大秀の考え方に従っているということです。

ところで、今引用した文に続く部分は、次のようになっています。

つかはしゝ人は、よるひる待給ふに、年越るまでおともせず、

これも『解』から引用しました。龍の首の玉を取りに遣わした人は、大納言が夜昼待っているのに、年が明けても音信がない、ということです。この部分には特段の注記はありませんから、大秀もこの部分を不審には思わなかったのでしょう。ここは、

つかはしゝ人は ―― （大納言が）よるひる待給ふに ―― 年越るまでおともせず

となっていて、「つかはしゝ人は――年越るまでおともせず」という文脈に、「よるひる待給ふに」という大納言の行動が挟み込まれているのです。

そう考えると、先に引用した部分も、

もとのめどもは　――　（大納言が）必あはむまうけして――独あかしくらしたまふ

ということで、「もとのめどもは――独あかしくらしたまふ」という文脈に、「必あはむまうけして」という大納言の行動が挟み込まれている、対のようになった文だと考えることも可能です。

もしその考え方が正しいとしたら、『解』の本文にある「みなおひはらひて」は、元々の『竹取物語』の本文にはなかった不要なものを不用意に補ってしまったものだということになります。つまり、古典の本文にも、「だから顔は見えないが」が書かれているかもしれない、ということです。

この解釈が妥当なものであるかどうかは別途考える必要はありますけれども、こういう問題があることをしっかりと認識して、本文に向き合うことが必要です。

もう一つ、別の例をあげます。川端康成の『雪国』の一節です。

駒ちやんいつ来たつて、女中さんが変な顔してたわ。二度も三度も押入に隠れることは出来ないし、困つちやつた。帰るわね。いそがしいのよ。眠れなかつたから、髪を洗はうと思つたの。朝早く洗つとかないと、乾くのを待つて、髪結ひさんへ行つて、昼の宴会の間に合はないのよ。ここにも宴会があるけれど、昨夜になつてしらせてよこすんだもの。よそを受けちやつた後で、来れやしない。土曜日だから、とてもいそがしいのよ。遊びに来れないわ。

昭和四四年（一九六九）発行の『川端康成全集』（新潮社）から引用しました。ここに、「来れやしない」とか「遊びに来れないわ」という台詞がありますけれども、この部分を、たまたま手許にあった平成一八年（二〇〇六）五月「改版」とある新潮文庫版で見たところ、それぞれ、「来られやしない」「遊びに来られないわ」になっていました。川端の全集は同社から何度か出ていますが、昭和五五年（一九八〇）発行の全集以降、そのように改められていて、現在の新潮文庫版の本文はそれに拠っているようです。

川端は昭和四七年（一九七二）に物故していますから、この改訂を行なったのは作者以外の人物なのでしょう。改訂の経緯は記されていませんが、「来れない」を、「正しくない」日本語であるいわゆる「ら抜き言葉」だと判断して、「正しい」言い方に修正したものと思われます。川端の書き間違いだと考えたのかどうかまでは判りませんけれども、川端の小説に乱れた言葉は似つかわしくない、ということで改訂したのかもしれません。

それも一つの考え方ではありますけれども、それが本当に川端が意図した形のものなのか、考える必要はあるでしょう。とりわけ、川端の言葉の使い方を研究しようとするのなら、そう簡単に改訂された本文を使って考察して良いのかどうかは、難しいところです。

最後にもう一つだけ……。これは著者の自戒を籠めて追加します。

先ほども引いた、芥川龍之介の『偸盗』で、盗賊の一人が野犬に追いつめられている場面があります。

犬は三頭が三頭ながら、大きさも毛なみも一対な茶まだらの逸物で、犢《こうし》もこれにくらべれば、大きい事はあつても、小さい事はない。それが皆、口のまはりを人間の血に濡らして、前に変らず彼の足下へ、左右から襲ひかゝつた。（七）

昭和二九年（一九五四）発行の『芥川龍之介全集』（岩波書店）からの引用です。以前、この部分を引用した時に、この中の「大きい事はあつても、小さい事はない」とあるところを、一旦この手持ちの全集からの引用で下書きをした後で、清書に当たって、最新の平成七年（一九九五）発行の全集（同）で確認して、「小さい事はあつても、大きい事はない」に修正しました。(註二)「大きい事はあつても、……」のままだと犬よりも犢の方が大きい、という意味になりますけれども、この場面は犬の大きさ、獰猛さを印象づけて盗賊の危機を感じさせるところでしょうから、それでは読者に与えるインパクトが削がれてしまいます。そこで、これを旧版の誤植だと短絡したからです。

けれども実は、芥川は「大きい事はあつても、小さい事はない」と書いていました。それが、昭和五二年（一九七七）発行の全集（同）以降、「小さい事はあつても、……」に改められていたのです。芥川は、この作品を失敗作だと考えていたらしく、生前に単行本に収録することをしませんでしたから、芥川自身がこの部分を書き換えることはありませんでした。芥川本人の手になる本文は、あくまでも「大きいことはあつても、……」だったのです。芥川の書き間違いだったのかもしれませんけれども、本当に「小さい事はあつても、……」に直してしまって良いものなのか、きちんと考えた後でなければ、安易に修正するべきではなかったと思っています。

このような、作品の本文に対する態度にも、その他の問題と同じように絶対的な正解が存在するわけではありません。作者が書き間違える可能性もあるのですから、おかしなところ、理屈に合わないところを正しいと思われる形に積極的に直して行くのも一つの態度ですし、あくまでも現状残されている形を正と考えて修正を認めないのも一つの態度です。

いずれにしても、文学作品の読みは本文がなければ成立しないのですから、その本文をどのように捉えるのかは、古典、近・現代を問わず、しっかりと考えなければならない問題なのです。

註一　夏目漱石『坊っちゃん』（集英社／集英社みらい文庫、二〇一一年五月。森川成美構成）

註二　馬上駿兵『［文法］であじわう名文』（新典社／新典社新書七〇、二〇一六年一一月。「［擬声語］であじわう名文―夏目漱石『こころ』など―」）。

おわりに

平安文学に限ったことではありませんけれども、文学作品を読む時に大切なのは、注釈書や研究書に書かれていることを鵜呑みにすることなく自分で考えながら読むことだと考えています。初学の段階なら、先生から教わった内容をその通りにきちんと覚えることには大きな意味があります。けれども、その段階を越えて自分で古典文学を読もうと志すのなら、他人の言ったことを無批判に盲信するのはやめるべきです。

『伊勢物語』にしろ『源氏物語』にしろ、長い年月の間、数多くの研究が積み重ねられています。そんな作品の読みに対して、自分が疑問を差し挾む余地などまったく残っていないのではないかと思う人が多いかもしれません。けれども、どれだけ研究が積み重ねられているとしても、まだまだ解明されていないことは、けっして少なくはないのです。そういう観点から、従来の研究を疑って、何が正しいのかを自分で考えてみなければなりません。

それで、第一講に、疑問を持つことの大切さ、どうやって疑問を持つのか、そして、どうやってそれを解決して行けば良いのか、ということに対するヒントになるようなことを書きました。疑問を持つことがなければ、そこから先に進むことはできないからです。

ただし、疑問を持ってそれを自分で解決するためには、最低限持っていなければならない知識があります。平安文学を読むためには、平安時代の常識——時代・社会だったり人々の生活だったり文法だったり単語だったり……の諸々を含みます——を学ぶのは必須です。第二講以降にそういうことの一端を書いたのですが、むろんのこと、ここに書かれていることだけで足りるものではありませんから、作品を読んでいて、判らないこと、判ったかどうか不安なことが出て来たら、自分で調べる努力は欠かせません。

本書に書かれていることは、けっして何かの「答え」ではなくて、あくまでも、自分で自分なりの答えを導き出すためにはどういうことが必要か、ということに対する一つの糸口であるに過ぎません。それが、皆さんが自分の力で平安文学を読もうとするきっかけになれば、と願っています。

最後に、需要のほども定かでない本書の刊行を、古くからの所縁で快くお引き受けいただいた岡元学実社長に謝意を表します。また、日頃よりご好誼をいただいている阿曽村陽子講師と名倉慶女史とから、旧著に対する過分な褒詞と続刊の勧奨のお言葉を頂戴したことが、本書執筆の大きな後押しとなったことを銘記して、併せてお礼申し上げます。

令和己亥年一二月二三日　記